魚住有希子

明治東京戀伽

戀月夜的花嫁

Karu—繪　郭子菱—譯
多玩國—監修・原案

目次

明治東京戀伽
Characters
登場人物介紹
川上音二郎
演員，靠著迷人的外表吸引觀眾目光，經營著另有隱情的副業。
綾月芽衣
有點貪吃的超普通女高中生。
森鷗外
既是陸軍軍醫和官僚，也是偉大的小說家。是個充滿成熟魅力的超級菁英。

藤田五郎
前新選組隊員，現為總是單獨行動的警察。
查理
全身上下都充滿謎團的魔術師。
泉鏡花
以戲曲家為目標的書生，既毒舌又潔癖。

序章

「……這樣啊，還真是辛苦呢，芽衣。」

音樂靜靜地在昏暗的房間裡播放著。

混雜著雜音的古老音樂，正從好似牽牛花形狀的留聲機喇叭中流淌出來，每一個音都彷彿柔和地渲染進胸口深處，使芽衣鬆了口氣。

（嗯，很辛苦呢，這真的是個很可怕的回憶。）

水的味道依舊隱約飄盪在她的鼻腔中，一股寒氣纏滿全身的感覺也仍然留存著。不過直至剛才還顫抖不已的指尖不知何時已經回溫，不久睡魔悄悄地造訪。

這種身子在搖擺般的感覺還真讓人懷念啊！芽衣心想。

（沒錯……我總是像這樣子……）

似乎在跟誰說話似地。

在一天結束後進入夢鄉前的短暫時光，芽衣會像這樣把今天發生的事情說給某個人聽。是家人、朋友——還是戀人呢？她無法判斷對方是誰，不過總有個人在傾聽芽衣說話。那是個儀式，代表今天已經落幕。

「晚安，芽衣。」

（……你是誰？）

「下次再見吧！芽衣。」

那是股溫柔到會溶化在意識中的聲音。

下一秒，芽衣便陷入深深的沉睡。

第一章　未完的戲曲

風吹著窗戶的聲音，使芽衣睜開了眼。

從短暫淺眠中回神的早上絕對稱不上舒適，不過很不可思議地，芽衣的意識非常清楚。

從窗簾的隙縫中可以看見被朝陽染紅的天空，就連鳥兒也還在沉睡，夢中早晨的空氣極為寒冷，芽衣拉著和服的衣領起身。或許是因為她趴在桌子上迷迷糊糊地睡著了吧！她的身體關節正疼痛地抗議。

她之所以沒有睡好，當然是因為昨晚發生的事。

在那濃霧籠罩的寂靜夜晚，水柱突然從不忍池中噴了上來，那瞬間發生的事，回想起來就好像夢一般。

芽衣眼中看見的，是龍的身影。映照在月光底下的鱗片如同銀飾品般發出不帶溫度的光澤，蜷曲著的光滑身子每舞動一次就會噴起水花，其如玻璃玉般的雙眼把腳邊的人們給貫穿。

芽衣在狂浪中所「看見」的東西，簡直可以說是擁有掌控水的能力，人稱「龍神」的異形。

「哎呀，妳起床啦？」

芽衣再怎麼樣都無法繼續睡下去，便下樓來到一樓的陽光室，一名青年正無精打采地靠在窗邊，是這座宅邸的主人——森鷗外。

身穿白色軍服的他，瞳孔中映照著窗外昏暗的景色。深藏青色的天空一角開始泛白，星星的光輝逐漸轉弱。

「鷗外先生……」

「早起是沒什麼不好啦，不過對妳這樣的年輕人而言，睡眠不足可是大敵呢，會妨礙妳的成長哦。」

鷗外用長者般的口吻告訴她，那模樣就和平時沒什麼兩樣，就連端正美麗的側臉上浮出的柔和笑臉、沉穩的聲音以及溫柔且穩重的眼神亦然。

因此芽衣越來越覺得昨天晚上發生的事沒有真實感。鷗外在那個不忍池邊對警察們斷言芽衣是「想把情報賣給敵國，難以原諒的間諜」，其真意她依舊難以揣測。

「我不會把她交給警察。從現在開始她隸屬於陸軍省的管轄之下，請你要有這樣的認知。」

昨天晚上在鴉雀無聲的不忍池邊，鷗外這麼說了。面對包圍著自己的警察，他一點也不畏怯，而是展現和平常一樣的悠然微笑。

在緊張的空氣中，芽衣只能微微顫抖地呆站在原地。

一切都是因自己而起，是她妨礙了警察的公務。在俄羅斯的醉客們胡鬧地踏進不忍池時，芽衣很明顯是靠自己的意志飛奔去掩護那個突然出現的異形。

「你說這小姑娘是間諜（老鼠）？」

藤田五郎依舊握著刀柄反問。

間諜、密探。從剛才開始，兩人的口中就不斷吐露出令人害怕的詞彙，芽衣一時無法理解這些話是在講自己，不安的時光就這樣一點一滴流逝。

「沒錯。你仔細看看她的臉吧！不覺得她的前齒看起來很堅固嗎？表情看起來也馬上就要張口咬人的樣子呢。」

「森陸軍一等軍醫大人，你喝醉了嗎？」

對於鷗外那不合時宜、把他人當笨蛋似的發言，藤田五郎蹙緊眉毛。

「我當然沒醉呀，我本來就不喜歡酒這種東西，酒會讓人的思考能力下降，有時候還會做出愚蠢的行為呢。」

「講解就免了，比起那個，小姑娘妳為什麼做出妨礙公務的舉動？在我看來，這似乎是在包庇怪物呢？」

「那是……」

「哈哈！你在說什麼蠢話，她只是想包庇醜態畢露的俄羅斯貴客們而已。」

鷗外代替含糊其辭的芽衣補充解釋。

「她也有參與為我們陸軍省所設的宴席呢。在宴席正高潮的時候外面不知怎麼突然騷動起來，她來看看情況，便驚訝地發現恐怖的警察正拿著抽出刀鞘的軍刀。她心想要是警察打算傷害這些客人就糟了，才不自覺貿然地飛奔出去。這實在是讓人會心一笑的誤會吧？」

藤田瞇起眼睛。鷗外的口吻一點也沒有遲疑，不過說的話實在太過牽強，再加上鷗外一臉心情很好似地露出微笑，看起來實在有點像喝醉了。

「……換句話說，你想說的是這小姑娘只是為了包庇俄羅斯人，和『魂依』沒有關係嗎？」

——魂依。

意指可以看見非人之物的人。

她似乎在哪裡聽過，魂依指的是可以看見俗稱妖怪的人。「沒錯，因此我不能把她交給警視廳妖邏課的各位，你們理解吧？」

「果然是醉鬼說的胡言亂語啊。請你酒醒之後再重新跟我談吧？」

「要重新跟我談的可是你啊，藤田警部補。難道你想要在沒有參謀本部的許可之下，逮捕隸屬於陸軍軍人管轄的這孩子嗎？」

「……」

藤田小小地咂嘴，瞥了芽衣一眼，接著緩慢地將視線移到身旁穿著袴的青年身上。

（鏡花先生……）

鏡花依舊抿著嘴唇，用銳利的視線回看藤田，眼眸深處閃爍著堅毅的光輝，像個警戒心很強的小貓。

——不行！別進去！

——我好不容易才讓她睡著的……！

他是否一開始就知道這座池子裡棲息著那個異形呢？

在傍晚時刻所聽見的搖籃曲，恐怕就是為了讓那條龍冷靜下來並進入夢鄉吧！

「你是泉鏡花嗎？一介文人在這種地方做什麼？」

「我……」

「看來我也必須向你詳細問問話才行，跟我一起去署裡吧。」

在藤田的一句話之下，警察們便抓住了鏡花的手腕。就在他們打算強行把鏡花帶走之際，料亭的玄關附近開始騷動起來，原來是藝伎們衝過來了。

「我說你們！在我的工作場所胡作非為些什麼啊！」

打頭陣的是音奴。她將長髮撩到背後，手扠腰以威風凜凜的姿態擋在押住鏡花的警察面前，妖豔的面容浮現怒氣。

「哎呀——警察先生，你打算把那孩子帶去哪裡？你該不會想要逮捕我重要的客人吧？」

「夠了，閃一邊去！妨礙我的人我全部都會逮捕！」

「行啊！我們藝伎啊，可沒有落魄到會屈服於你們政府機關的威脅！像你們這種只會逞著國家威風的無能薩摩警察仔[1]，除了看熱鬧以外也不會做其他事了啦！」

「什……?!」

音奴毫不畏懼地大聲放話。在陰暗中，芽衣小心翼翼地看著那些被煽動的警

1. 揶揄用語，意指愛逞威風的警察。

察們臉上泛起了明顯的紅潮。竟然在大眾面前被如此粗暴謾罵，這些警察絕不可能坐視不管。

「好！就照妳們所希望的逮捕！逮捕在場所有的藝伎！」

「哈哈哈！要是能逮捕的話你就抓抓看啊！」

「竟然和藝伎為敵，真是好膽量！我會讓你們再也不能踏進神樂坂一步！」

在音奴背後待命的藝伎們此起彼落地叫喊出聲。警察們彷彿被這些聲音給火上加油，全體動了起來，藝伎們則捲起和服的袖子，一邊譏諷著頂撞那些打算壓制她們的警察。

牡丹、百合、萬壽菊、飛翔鶴。亮金、白銀、赤紅的振袖宛如鮮豔的蝴蝶在月光下起舞。

在謾罵與悲鳴交雜之中，騷動逐漸擴大，圍觀的人群也相繼聚集，這一陣混亂一直持續到前來支援的警察們抵達為止。

鷗外半強迫地讓芽衣坐上馬車，直接把她帶回宅邸。芽衣也不曉得那個場面到最後如何收拾，就這樣一夜沒闔眼直到早上。

發生完騷動的隔天早上，藤田五郎造訪了鷗外的宅邸，那時正好是通知正午的午砲響完後沒多久。

昨晚在鷗外的牽制之下，芽衣總算免於被逮捕的危機，不過事情當然不會這樣結束。藤田對鷗外拋下了「明天我會再次請你協助本案件」這麼一句話，便帶著下屬回到警視廳了。

「哎呀，藤田警部補，勞煩你特地前來了。」

鷗外引領藤田至陽光室，那穩妥的應對態度彷彿在歡迎友人來訪。另一方面，將警帽戴到眼眉上的藤田完全沒有笑容，像要貫穿似地定睛看著用顫抖的手端茶過來的芽衣。

「不過啊，昨天晚上還真是演變成出乎意料的大事呢。你們帶走的那些藝伎們，後來受到了怎樣的處置呢？」

這也是芽衣一直很在意的事。明明騷動是因芽衣而起，卻只有自己沒被逮捕，這個事實讓她非常心痛。

「我想陸軍一等軍醫大人應該沒有理由關心藝伎們的處置吧？」

「理由是有的，那間置屋裡的其中一名藝伎可是我上頭非常關照的呢。身為替上頭著想的下屬，我想要盡可能傳達好消息，讓上頭放心啊。」

「那麼你就如此傳達吧。昨天凌晨在上野逮捕的那些人現在正在接受調查，我們會用警察的方法，確實、仔細地調查。」

那聲音既冷淡又毫無感情。芽衣知道自己的膝蓋在顫抖，她抱著盤子感受到藤田彷彿要刺穿她的視線。

（調查……究竟會做些什麼事呢？）

芽衣從現代穿越到明治時代，失去大部分與自己有關的記憶，她當然也不記得自己是否曾受過警察的關照，也不曉得調查的手續會如何進行。

然而回想起昨天晚上藝伎們對警察的態度，至少可以想像，她們不會被殷切歡迎的。

她腦中回想起音奴和鏡花的臉，以及那些在置屋交好的藝伎們。

「那個……姊姊們什麼時候才能被釋放呢？」

芽衣用沙啞的聲音詢問藤田。

「說到底這也是我引起的，事情竟然會變成這樣……如果要調查的話，我也……」

「陸軍一等軍醫大人，這個小姑娘就是你在鹿鳴館晚宴上帶來的人對吧？」

藤田沒有回答芽衣的疑問，只是雙手交臂接著說道。

「昨天晚上太過昏暗，所以我現在才注意到，確實，當時你介紹這位是你的婚約者，不過這回你卻將這麼重要的婚約者稱為敵國的間諜。請再次讓我聽聽你的意圖吧。」

「我沒什麼意圖，就是字面上那樣。她既是有間諜嫌疑的特別觀察對象，也是我的婚約者哦。」

鷗外用神態自若的表情，毫無遲疑地說了。

由於他說得太過流暢，就連芽衣也錯覺，這些話似乎就是現實。

「……對於你的胡言亂語，你覺得我會照單全收嗎？」藤田有些驚愕地繼續說道。

「稍早我有向參謀本部詢問過關於綾月芽衣這個人，對方表示並沒有同樣名字的人物被列為特別觀察對象。關於這點你要怎麼說明？」

「哈哈！那當然，畢竟這一切都是我的個人判斷。我擅自把她認定為可疑人物，為了監視她才把她拘留在這座宅邸裡。在還沒有確認真偽的階段，可不能把她交給參謀本部吧？」

他優雅地把熱茶送進口中，對此藤田的表情變得更加鬱悶。

「那麼我想聽聽你為什麼會把這位可疑人物升格為婚約者的來龍去脈。希望事情概要能夠盡可能別太荒誕無稽，讓常人得以理解。」

「什麼嘛，這個概要很單純簡明的！我可不能對附近的女士們說『我家裡住著可疑人物』，關於這點，只要有婚約者的名分就不需要多加解釋了，她和我一起行動也不會有任何不自然。」

「哦？也就是說，你為了能夠堂堂正正監視這個小姑娘，所以把她喬裝成假的婚約者是嗎？」

芽衣本來還擔心藤田會不會趁機拔出軍刀，幸運的是他的手並沒有握在刀柄上，不過他的手指卻煩躁地敲著椅子的扶手。

不久後他吐了口氣。

「……森陸軍一等軍醫大人，真不好意思，在我看來只覺得你是為了囚禁你中意的小姑娘，才利用自己的身分將此行為正當化。」

「藤田警部補，你要怎麼認定我都無所謂哦！無論如何，針對昨天晚上對各位警察的失禮行為，就由我來代替她向你道歉吧。你能否藉此跟我和解呢？」

「我可不能憑我個人的想法回答你啊。」

說著，藤田站了起來重新戴好警帽，看向芽衣。

冷漠的視線束縛了她的全身。那眼神，似乎在忠告她事情不會就這麼結束。從與他在鹿鳴館對峙之時直到現在，他依舊覺得芽衣很可疑。恐怕他從不曾懷疑過自己的直覺。

「先不論內容為何，我確實聽了你的解釋。我不知道你打算堅持說詞到什麼時候，不過今後只要本廳有要求，還請你務必協助了。」

「我也贊成藤田先生的意見。」

在藤田離開鷗外宅邸之後，春草聽了從昨晚到今天早上發生的事情始末，一開口就這麼說。

「統整了一下鷗外先生的說詞，只能說是有權者誘拐了無依無靠的少女並囚禁在此而已，我是覺得還有其他更好的說法啦。」

「你在說什麼啊，春草，我可不知道有比這更完美的說詞了，你不覺得這場戲非常優秀，完全無機可乘嗎？」

鷗外自信滿滿地說服著。春草深深吐了一口氣，用還有點睡意的眼神看向陽光室的窗外，年輕見習畫家的漠然側臉，似乎看起來有些疲憊。

「……我說妳啊。」

「是、是的！」

春草面無表情，將視線移到坐在隔壁沙發的芽衣身上。

「真虧妳能這麼誇張地把事情搞得如此麻煩耶。不，這已經不能說是麻煩了，是釀成事件了啊，儘管如此妳都不覺得良心不安，一般人是做不到這樣的吧。」

「喂，春草。」

可能是因為看到芽衣瑟縮著身子吧，鷗外馬上打斷了他。

「不要太責怪芽衣，她也只是嚇到了而已，畢竟她剛剛才知道自己就是『魂依』啊。」

對於鷗外的發言，春草只是淡然地「哦」了一聲回應，並將視線回到芽衣身上，開始上下打量起來，那毫不客氣的眼神，簡直就像在說「這種遲鈍又冒失的小姑娘竟然是『魂依』啊」。

（沒想到……我竟然真的是魂依。）

鷗外開始仔細說明。自古以來日本就存在許多妖怪，而能夠看見這些妖怪的人似乎並不少。不過從明治維新之後，以往很自然而然和人類共存的妖怪大多都消聲匿跡了，自稱魂依的人也隨之減少。

而藤田五郎所隸屬的警視廳妖邏課，主要就是負責處理妖怪犯罪的部門。他們和一般的警察不同，配有好幾名擁有魂依能力的警察。

「在這個世代，逐漸消失的『魂依』其實是很重要的存在。正因為受到重視，這些人不會遭受什麼殘忍的對待，更別說是被當成犯人……」

鷗外雙手交臂，靠著椅背，眼神中夾雜著些許的嚴肅。

「不過可以的話，我啊，希望能盡量向妖邏課的人隱瞞妳是『魂依』的事情呢。」

「為什麼呢？」

芽衣感到不可思議。如果會被差別待遇或逮捕那自然另當別論，既然不會遭受不當的處置，那不就應該表明自己是魂依才對嗎？

對從現代來到這個時代的芽衣而言，妖怪什麼的，簡直就如同假想世界的存在。然而在音奴和鏡花等人被逮捕的現在以及實際上看見妖怪之後，她也不能再裝作一副什麼都不知道的態度了。

「我很理解妳擔心川上他們的心情，只是如果妳現在自稱是『魂依』，妳可能會被懷疑是和妖怪勾結引起洪水騷動的嫌犯……不，鐵定會變成這樣，藤田警部補從一開始就是用這種想法在觀察妳的。」

「我和妖怪勾結……？」

對於這出乎意料的言論，芽衣猛地眨眼。

她回想起昨天晚上在不忍池出現的雄偉之龍，感受到那光被看一眼就會使全身血液凍結的戰慄。

「不、不可能的，我才做不到那種事！」

「事實如何先暫且不論，昨天我們的運氣實在不太好，倘若在場的並非俄羅斯的重要人士而是一般人，就會以常見的妖怪騷動事件落幕了。畢竟政府對外表明想要推行歐化政策，當然會希望將妖怪當成上個時代的產物而隱藏起來吧……」

鷗外蹙緊眉毛，站了起來，並大大地拍了拍手。

「總之我先去一趟本部吧！我會自豪地和大家聊聊我可愛的婚約者。」

「那個、我……」

「妳就像平常一樣，在這棟宅邸裡過著普通的生活就行了。」

鷗外浮起溫柔的微笑，輕撫芽衣的頭，甜甜的香菸香氣隨之飄來。

「哎呀，妳不必介懷的哦！畢竟妳可是我的婚約者呢，我不會把妳交給警察的，放心吧！」

「鷗外先生……」

他爽朗地離開了陽光室。恐怕鷗外所屬的陸軍省參謀本部會要求詳細報告這個事件吧。這個任務鐵定讓人不愉快，然而鷗外的背影卻彷彿是去附近散步一般輕鬆。

無論處於何種狀況下，鷗外都不會心煩意亂，即便是看起來再怎麼荒誕無稽的言行舉止，其實一切都是經過計算後的一步棋，這就是鷗外。只有周遭的人們膽戰心驚，最重要的當事人則是一臉神態自若，這也可以說是鷗外的固定套路——春草這麼說。

「鷗外先生鐵定會想辦法的吧。」

對著從剛才開始就一直坐立難安、在陽光室到處徘徊的芽衣，春草用慵懶的口吻繼續說道。

「所以啊，別再像隻雞一樣走來走去了，害我都冷靜不下來了。」

「因為要是最後變成要鷗外先生負起責任的話……」

「到那時候再說吧。」

春草的語氣和平時一樣淡漠。

「而、而且啊，明治警察的調查很嚴格吧？要是音奴小姐他們遭遇了嚴重的事該怎麼辦？我無法坐視不管！」話雖如此，她也無法靠自己的力量幫助他們。想到昨天晚上的自己明明無能為力卻做出這種不經思考的舉動，她就更加焦躁。

（我為什麼會做出那種事呢？）

當她看見藤田對著龍拔刀時，比起思考她的身體先動了起來。那股衝動就像有一股看不見的力量在背後推著她，等回過神來，她已經緊緊抱住高舉武器的藤田。

在那種情況下，她就算被當場劈開也不能有怨言。現在芽衣依舊鮮明地記得當時藤田那展露出敵意的視線，以及鏡花微微顫抖的肩膀。

（話說回來，鏡花先生也是『魂依』呢。）

藤田知道他是魂依嗎？要是調查後知道了，他鐵定會被追問和那條龍之間的關係。芽衣並不曉得他們兩者之間的關聯，不過一回想起鏡花用慈愛的聲音唱著搖籃曲的模樣，實在難以想像他有什麼不好的陰謀。

「話說回來，妳是『魂依』吧？」

「……嗯。」

對於春草的疑問，芽衣含糊地點頭。

事實上，就算他人說她是魂依，她也沒有實感，原因在於她根本回想不起來在失去記憶前身處於現代的自己究竟過著怎樣的生活，再說她也不覺得以前的自己是那種擁有靈感的細膩之人。

「那麼保險起見我還是問一下，妳有沒有在這附近看到龍蝦？」

「啥？你說龍蝦嗎？」

對於這唐突的問題，芽衣驚訝地張開嘴。

「沒錯，我猜測她應該還在這棟宅邸的附近徘徊吧。」

春草極為認真，看起來並不像在開玩笑，倒不如說，春草本來就不是會開玩笑的性格。

芽衣突然間回想起春草曾以龍蝦當成繪畫模特兒的事情。那隻龍蝦是他的寵物嗎？芽衣還以為那鐵定會被當成生魚片還是火鍋食材之類的呢。

「假如是想逃走，應該會逃到水邊吧？譬如這附近的神田川。」

「她應該喜歡更陰暗的地方吧，像是寺廟或墓地。」

嗯？芽衣歪歪頭。

「是這樣的嗎？」

「我哪知道，妳應該比較清楚吧。」

被如此斷言，芽衣更加不解了，她可從來沒有自稱過是龍蝦博士之類的啊。

「那等等我去找一下吧！如果能早點找到就好了，要是被抓走，可能會被吃掉也說不一定呢。」

「……會被吃掉？」

「咦……？」

兩人對望著，沉默了一會兒。

總覺得對話沒有交集，這應該不是錯覺吧？不久春草輕聲吐了口氣，一步步往門走去。

「唉，只要和食欲旺盛的妳扯上關係，應該沒有什麼東西是不能吃的吧，就算對方是妖怪也一樣。」

太陽西下，被染成暗紅色的湖面反射出了閃耀的光輝。

芽衣站在木橋上，呆呆地瞭望著載著客人的客船從河川上游緩慢地向下游前進。川邊林立著還沒有發芽的櫻花樹，枝葉隨風搖擺，等到了春天，這一帶鐵定會成為熱鬧的賞櫻場所吧。

在芽衣所知的現代，神田川沿岸一帶都因為雜居大樓等而擁擠不堪，不過在明治時代，木造建築的民房與連綿的田地打造出了廣闊的牧歌風情。戴著草帽的豆腐商人與魚板商人優閒地走過木橋，更為這份悠然增添一分情調。

（龍蝦原來是妖怪啊……）

他們的對話理所當然沒有交集了。春草所說的龍蝦，似乎指的是從他繪畫中逃出的妖怪，人稱化物神。

所謂的化物神，意指寄宿在優秀創作品中的靈魂從創作品中逃離，變成實體化的怪物。除了畫作以外，登場人物也會從小說中逃離——雖說這些話實在很難讓人相信。

正因為這些怪奇現象並不稀奇才令人驚訝。化物神一旦逃離了，大多情況下就不會回到創作品當中，芽衣也是現在才知道，原來自古以來被稱為藝術家的人們會留下那些未完成的創作品，其實有這樣的背景。

（不過，為什麼我會是「魂依」呢？）

芽衣不斷自問自答。她因為謎之魔術師查理的魔術而從現代穿越到明治時代，光是這樣就已經讓她混亂不堪，她真心希望別再發生更讓人無法理解的事情。在某個滿月之夜能回到現代之前，她只期望每一天都平安無事。

她一丁點也不希望事情演變成警察會出動的大騷動——

「哦？怎麼啦怎麼啦，沒想到妳竟然剛好出現在這裡呢！」

此時從背後傳來了某個男人的聲音。

芽衣猛力回頭，一名穿著條紋西裝的男性就站在背後，其身材修長是名不自覺會奪人目光的美男子。他的視線和芽衣對上後，彎起豔魅的眼眸笑了。

「喲！妳比想像得還有精神啊！」

「……？」

被這麼輕易搭話使芽衣愣了一下，不過她發現，對方是曾在哪裡見過的人物。不，自己鐵定知道這個人的。與那妖豔的眼眸相反，他的笑容意外地天真無邪，還有著需讓人仰望的身高與印象深刻的低沉嗓音。

浮現在腦中的和服女性，與他的面容一致。雖然和平常的打扮不同，但那副容貌明顯是一模一樣的，芽衣不自覺踏出一步，目不轉睛地盯著他。

「你是音奴小姐……嗎？」

「啥？幹嘛又再問一次啊……哦，原來如此，我是第一次用不是藝伎的打扮和妳見面吧？」

他悠然自得地笑了。

「現在才說是有點晚了啦，總之音奴是花名，我本名叫川上音二郎哦。」

川上音二郎。芽衣複誦著，先前她可是一直以為對方是女性。原來如此，他就是在初次見面時自稱為音奴的藝伎。以明治時代的女性而言，她的體格實在太高，但因為對方確實化了妝，頭髮也很長——現在想起來應該是假髮，總之芽衣完全沒有懷疑過對方不是女的，「音奴」就是如此美麗。

「抱歉啊，一直隱瞞到現在。我並沒有打算要騙妳的，只是該怎麼說呢，我錯失了坦白我是男人的時機啦……」

「你平安被釋放了嗎？姊姊們也沒事吧……？」

芽衣打斷。是男是女什麼的，現在只不過是枝微末節的問題。

當前芽衣只因為他出現在自己眼前而開心不已。她從昨晚就一直在想，要是因為自己的錯導致對方被問罪，再也見不到面了該怎麼辦。

「太好了……真是太好了……」

在放下心的同時，她的眼角也猛烈地熱了起來。她拚命忍住不讓自己像緊繃的線迸開而大哭出聲，音二郎則是摸著芽衣的頭，一感受到那溫暖的體溫，芽衣的熱淚就越發衝了上來。

「幹嘛露出一臉想哭的表情呢？這也不是需要那麼擔心的事情吧！」

「當然要擔心的！我一直很不安，心想你們要是受到警察嚴酷的對待該怎麼辦！」

「哈！其他藝伎先暫且不論，我被抓也不是第一次了，我因為在沒有許可的情況下舉辦演講和發行報紙之類的事，都不知道被警察抓過幾百次啦！對我來說，去拘留所可是家常便飯呢。」

音二郎用輕快的口吻自滿地說。說被抓了幾百次鐵定是誇大，不過他確實沒有被逮捕的那種悲愴感，反而像正要從經常住宿的旅館回家，輕鬆自在。

「……不過啊，有個女人在等我回來的感覺還真不錯呢，看了妳這樣的表情，我都覺得讓妳擔心也不是什麼壞事啦。」

「音……二郎先生？」

「因為啊，妳從昨天就一直在想著我的事吧？妳擔心我，祈禱我能夠盡早回來，想見到我……」

音二郎把手放在芽衣的肩膀上，芽衣的心跳因而加快。

那給人強烈衝擊的眼眸，彷彿要把人給吸進去。一直以來照顧著自己、自己所憧憬的姊姊重新以男性的身分與她近距離接觸，使她不知怎麼地緊張起來，或許是因為她視線的位置正好對上對方的喉結所導致。

（為什麼我沒發現他是男人呢？）

自己是很遲鈍沒錯，不過她想，在神樂坂置屋裡的藝伎們與宴席上的客人們恐怕也不知道他的真面目。彷彿要幫芽衣消除知曉這個重要祕密後的罪惡感，音二郎又笑著縮短了兩人之間的距離。

「妳應該不會在知道我是男人以後，就想要避開我吧？」

「我、我不會做那種事的！」

「那就好啦！既然如此，就再更貼近一點……」

音二郎猛然湊近了臉龐同時，芽衣不知從何處聽見有人大叫了一聲「喂！」，使她驚嚇地震了一下肩膀。

「喂！你們兩個在幹什麼啊！」

一看，一名站在柳樹蔭底下的美女正瞪著他們。她身穿的和服花紋相當豔麗，大朵菊花就如扇子般翩翩起舞，髮髻上則插著兔子髮簪，像一隻面對敵人的貓揚起眼睛，奮力踏著木屐。

「我說川上！你打算把我晾在這裡多久？我也是很忙的耶！」

「啊啊，我完全忘啦！抱歉哦，小鏡花。」

——小鏡花？

音二郎斜眼看著驚呆的芽衣，招了招手，那女人便跨著大步往這裡走近，看起來心情相當不好，態度來勢洶洶，臉上卻帶著有點羞恥的氣息。

「呃……小鏡花是……咦咦？」

「幹嘛啦，有意見是不是！要是有什麼話想說就說啊！笨蛋！」

這粗魯的說話方式，讓芽衣相當確信。

她——不，是他，就是奇幻作家泉鏡花。

本來應該因為昨天發生的事而和音二郎一起被警察逮捕的他，不知為何以女性的姿態出現在芽衣面前。

「……鏡花先生原來是女人啊？」

「啥啊啊啊啊?!妳在說什麼鬼!妳跟我開玩笑嗎?」

這也不是開玩笑,不過是把看見的事實說出口而已。再說本來以為是女性的音二郎都以男性的身分出現了,照這個走向看來,她剛才的疑問也很正常吧——芽衣心想。

「我、我也不想要做這種打扮好嗎!都是因為川上說我正在被警察密切關注,才叫我一定要變裝什麼的!」

「白癡啊,這種事怎麼能講得這麼大聲!」

音二郎立刻用手摀住鏡花的嘴,警戒地用眼睛窺看周遭後說。

「真是的,我都借你最華麗的一套衣服了,還幫你化妝化得這麼漂亮,你究竟把我的辛苦當成什麼了啊?我也不是抱持著玩玩的心態耶!」

「怎麼想都是在玩吧!到底是誰在幫我化妝時拚命忍住笑的啊!」

「吵死了!我只是沒想到會這麼適合嘛!你可是比隨處可見的女人還要美麗耶!你說這樣我有辦法忍住笑嗎?啊?」

「說、說什麼蠢話!所以我才說很討厭啊!我和你可不一樣,才沒有什麼女裝癖！」

「你說誰女裝癖！我可是為了錢才這麼做的！」

「那、那個！」

兩人開始像兄弟吵嘴般爭執起來，簡直沒有可以插嘴的餘地。

（不過太好了……鏡花先生也被釋放了呢。）

聽藤田的說法，她本來還很害怕大家是不是受了很嚴厲的對待，不過他們看起來很有精神，這比什麼都還重要。看著他們的互動，芽衣自然而然揚起嘴角。

「嗯？妳在傻笑什麼？」

「沒、沒有！我只是在想鏡花先生還真適合這樣的打扮，實在太美麗了，我好羨慕呢。」

「啥？妳想找我吵架是不是?!」

他惡狠狠地瞪了過來，看來這似乎稱不上是稱讚。

「……總之事情就是這麼回事，昨天晚上事態好像變得有點微妙，我很在意妳，所以才來看看妳的狀況。」

「在意我？」

音二郎頷首，鏡花則是雙手交臂，一臉不開心似地別過臉。

「畢竟是我把妳捲進這件事裡頭的，真的很抱歉啊！我真沒想到森先生會以客人的身分來客席。」

音二郎做出膜拜般的動作，並說著「抱歉」輕輕低下頭來。

「在那之後妳有被森先生責罵嗎？畢竟進出置屋給人的觀感並不好，如果沒有讓妳體會到這麼尷尬的狀況就好了。」

「不，我並沒有被責罵，我也已經好好說明過我會進出置屋的原因了。」

雖說是偽裝的婚約者，至少也希望能稍微配得上鷗外一點，因而向音二郎提出千金修行的人是芽衣自己，倒不如說，是自己讓大家捲進了這般莫名其妙的事態當中。

「這樣啊？那就好……不過我還真是徹底受到森先生的關照了呢，我們之所以能這麼快就被釋放，也是因為那個人不久前才靠陸軍省的關係幫我們說話。」

「咦……是這樣啊？」

「說到底，這事也是因陸軍省的客人們而起啦，就我的立場而言，要抓也該抓那些人才對嘛……」

音二郎不甘不願地蹙眉，並聳聳肩。

「那些先不管，總之我們受到森先生關照是不變的事實，下次得帶個點心再次登門造訪才行呢。對吧，小鏡花？」

他點名鏡花，使得原本在鬧脾氣的鏡花突兀地「咦！」了一聲，那張塗著白粉、如陶器般的臉頰也微微泛紅。

「為、為什麼我也要！雖、雖說我是也有受到森先生關照啦……」

「哈哈！你在緊張什麼啊！芽衣，我跟你說，這傢伙是森先生的狂熱讀者呢，他把森先生所翻譯的《即興詩人》當成是傳家之寶在珍惜哦。」

「哇啊啊啊啊！你在說什麼鬼！我我我也沒有特別當成傳家之寶啦！」

鏡花激動地搖頭，搖擺著雙手雙腳，對此表示否定，臉上則一片赤紅。

還真是個好懂的人啊！芽衣心想，他簡直在用全身表達「我是森先生的大粉絲」。

「比、比起那種事，我說妳啊！」

被音二郎徹底玩弄一番的鏡花突然間瞪向芽衣。

「妳昨天為什麼會做出那種事！妳以為做出反抗警察的舉動不會有事嗎？如果森先生當時不在，妳可能會被藤田劈成兩半耶！」

他認真地逼近芽衣，接著說道。

「棲息在那座池子裡的龍神和妳可沒有關係，妳幹嘛要做出包庇龍神的舉動啊？妳看起來不過就是個笨蛋，既然是笨蛋，像個笨蛋一樣撒手不管不就好了……對吧？」

鏡花的言詞相當犀利，芽衣卻不覺得對方是在責備她，或許是因為鏡花的瞳孔正不安地閃爍吧。

「……真的很對不起，我做了多餘的事。」

「我可沒有要妳道歉喔？我只是在問為什麼毫無關係的妳要做出那種魯莽的舉動而已。」

「我也不是很清楚，在藤田先生拔刀的瞬間，我就心想絕對要阻止他才行，等我回過神來，我已經飛奔出去……」

芽衣再度懷疑自己的行動。一般來說在和那種恐怖的怪物對峙時，人類鐵定是弱勢的那方，會想著「要包庇怪物」可是很奇怪的。時至今日，她也只能歸咎是自己思緒太過混亂導致。

「那條龍……究竟是怎麼回事呢？」

「那是『化物神』啦。」

鏡花打斷她，說得斬釘截鐵。

「那條龍神妖怪是從我創作的戲曲中逃脫的。明明只差一點點就要完成了，卻在某一天突然從紙上消失蹤影，棲息在不忍池裡面。」

——化物神。

芽衣瞠目結舌，就在剛才，她也從春草口中聽到了同樣的詞彙。

「那條龍和春草先生的龍蝦一樣是『化物神』……？竟然有這麼大嗎？」

「龍蝦是怎樣？總之那條龍神算是我所創造出來的，所以和妳沒關係！」

鏡花迅速地轉身。

「聽好囉？對方不是妳有辦法應付的對象，不准再接近不忍池了！」

他抛下這句話後大步地邁開腿離去，芽衣本打算慰留他而踏出一步，然而在不知從何處聽見犬吠聲的瞬間，鏡花便發出了「哇啊啊啊啊！」的悲鳴，像被彈開似地飛奔而去。

「哎呀哎呀，真是不坦率呢。」

目送著鏡花逐漸變小的背影，音二郎呆呆地吐了一句。

「別在意哦，那句話姑且也代表那傢伙感受到妳對他有恩。如果妳沒有阻止藤田，現在龍神可能已經被封印，戲曲（書）也會束之高閣吧。」

「封印……？」

「沒錯，我是不太清楚啦，簡單來說就是消滅怪物，那位藤田似乎是做得到的。」

音二郎說得爽快，不過這些話實在令人難以相信，他的意思是人類可以用某種法術凌駕於那麼巨大的龍之上嗎？

「總之身為川上一座的座長，我也要向妳道謝。我應該之前沒對妳說過，我的本業是演員，我掌管著一個劇團到處表演，開銷實在不小，所以我一面進行女形[2]的修行，同時也涉足藝伎的工作。」

演員——這麼一說，芽衣倒是想起來了。

沒錯，在來到明治時代的第一天晚上，芽衣與謎樣魔術師查理一同潛入鹿鳴館的晚宴，當時音二郎鐵定也在。芽衣的腦中模糊地回想起身穿巴斯爾襯裙的女性們一面紅著臉，將他包圍的場面。

因書生芝居而廣為人知，備受矚目的新興舞臺劇演員，川上音二郎。

當時查理一副知曉一切地如此說明。芽衣做夢也沒想到這般名人後來竟然以女性的身分出現在自己面前，這究竟是個多麼奇妙的機緣呢？

「那麼，鏡花先生是在音二郎先生的劇團撰寫戲曲嗎？」

「不，他並非隸屬於特定劇團的作家。以前我們有演出過小鏡花寫的戲曲，評價非常好呢，所以我就在想啊，下次的表演也一定要演出他的戲曲……真是

2. 在歌舞伎中，由年輕貌美之男子所扮演的女性角色。

的，我實在焦急得不得了！都到了這一步，身為主角的龍神竟然逃走了！」

音二郎把手肘放在木橋的欄杆上，不愉快地嘆了口氣。柔和的風吹起渲染了日落天色的水面，並靜靜地從中穿過。

「如果那條龍神沒有回到戲曲中，戲曲就無法完成了對吧。」

芽衣看著音二郎的側臉發問。

「好不容易寫好的作品會沒辦法問世嗎？」

「是啊！小鏡花似乎已經半放棄了，但我覺得這樣真的很可惜。就我看來，那鐵定是會名留後世的大傑作呢……那部《夜叉池》。」

（……《夜叉池》？）

這部作品好像有在哪裡聽過。

不是在這個時代，恐怕是她在現代曾經聽過。

第二章　搖擺不定的心

當店家們開始點起一盞盞燈時，音二郎表示「接下來還有宴席的工作」，便回到神樂坂的置屋了。

芽衣原本一直默默擔心會不會因為鬧出警察出動的醜聞導致宴席的工作減少，不過看來這是杞人憂天。別說工作減少了，搞不好反而會因為指名摩肩接踵而來，忙得不可開交吧？如果能聽藝伎們和警察上演爭鬥戲碼的英勇故事，喜歡八卦的客人們接連造訪也是可以理解的。

在花街柳巷生存的人們個個都很勇敢。芽衣看了音二郎回到平常那副若無其事的模樣多少放鬆了一點，不過她依舊很在意那名妖怪的事。然而鏡花都說這和芽衣「沒有關係」了，或許她不該插手。

和音二郎分別後，芽衣回到宅邸，打開玄關的門便聽見陽光室那裡傳來了聲音。看來是鷗外回來了。

「那麼先前那位金髮碧眼的婦人怎麼樣了？」

芽衣本打算朝陽光室前進，卻突然停下了腳步。剛才那是春草的聲音。

「還沒回來啊，我也正盼望著呢。」

「搞不好她是回國了？德國的柏林是鷗外先生和她的回憶之地吧？」

「……是啊。」

鷗外用柔和的聲音表達肯定。

芽衣不是很清楚他們究竟在談論些什麼，只是不明所以地無法動彈。

（金髮碧眼的婦人，是指誰呢？）

她的胸口感到隱隱作痛，是因為偷聽而覺得心裡不舒服嗎？她的胸口深處像吞下了鉛一般沉重，心跳也急速加快，就連只是打開陽光室的門打聲招呼說「我回來了」也做不到。

在她猶疑不決之下，門打開了。打開門的鷗外與在走廊上呆若木雞的芽衣四目相對。

「哎呀，小松鼠，妳已經回來啦？」

「啊、是的……與其說是已經，應該說我正好回來。」

她本打算藉此表達自己絕對沒有站在這裡偷聽的言外之意，卻不曉得是否有完美蒙混過去。鷗外並沒有表現出特別在意的樣子，嘴邊浮起一抹高雅的微笑。

「我今天有事去了銀座，順便買了木村屋的紅豆麵包回來，那可是東京名產呢，總是一下子就賣完了很難買到，妳吃完晚餐後和春草一起享用吧！」

「好的，非常感謝……那個！」

芽衣叫住本打算往二樓走去的鷗外。

鷗外停下腳步，緩慢回頭。

「那個……」

她剛才本來想問鷗外什麼呢？當然是「金髮碧眼的婦人」了。然而她無法像所想的那般說出口，在叫住他之後便語塞。

（回憶之地是什麼意思？鷗外先生和那個人之間究竟有著怎樣的回憶？）

芽衣沒有勇氣毫不膽怯地干涉此事，只是輕輕搖頭並抬起頭來。

「那個……我剛剛見到音二郎先生和鏡花先生，據說是多虧了鷗外先生幫他們說情，他們很快就被釋放了！」

「……川上他們來過嗎？」鷗外再度面向芽衣，雙手交臂。

「是的，那個……也請讓我道謝吧！非常感謝鷗外先生幫助了音二郎先生他們。」

「我並沒有特別做些什麼哦。本來我也一度以為會演變成什麼嚴重的大事，不過只要上面一聲令下事情就解決了。來自俄羅斯的主客也訓斥了他的隨從們，請警察方從寬處置，畢竟所謂的酒席，無論何時何地都算是兩國的治外法權呢。」

俄羅斯主客是指皇太子吧？沒想到皇太子會親自去調解那些血氣方剛的隨從們，不讓事情擴大。

「再說警察也不能把那麼多藝伎們長時間留在拘留所。比起那個更應該注意的是泉的周遭狀況，他是年輕一輩之中特別有為的作家，妖邏課的人們也在盯著他，心想他是否輕易就會創造出『化物神』呢……竟然把這樣的他也爽快釋放，我實在不太理解。」

鷗外不解地自言自語後，輕聲吐了一口氣，看著芽衣。

「川上還有什麼其他事嗎？」

「咦？」

「他被釋放後馬上就來找妳，應該是有什麼要事吧？」

「不……與其說是要事，我想他只是為了讓我安心才來見我的。」

那些被抓的藝伎們也都是芽衣的熟面孔，她再次感謝音二郎被釋放後第一個來向她報告的體貼。

「……」

然而鷗外卻一臉無法認同的模樣，等芽衣繼續說下去。他靠在牆壁上，雙手交臂，拋出直勾勾的眼神。

「鷗外先生？」

「川上不是來接妳的嗎？」

他問了。不，比起詢問，那口吻比較像是指責。

「他不是來試探妳有沒有要搬去置屋的嗎？」

「不、不是的！他真的只是來露露臉而已！」

芽衣慌忙否認。鷗外的聲音雖然像平常一樣沉穩柔和，卻投射出彷彿看透內心深處的視線，讓她不明所以地焦躁。明明也沒做什麼內疚的事情，這樣的舉動反而讓她看起來更加可疑。

兩人再度陷入沉默。

芽衣因這陣沉寂而感到尷尬，想著該說什麼。她有想問的事情，譬如剛才不小心偷聽到的那名女性。德國柏林是過去鷗外留學過的都市，她很想問對方究竟在那裡有怎樣的邂逅，就抱持著輕鬆的心情，當作是閒聊。

不過果然還是做不到。

芽衣無意識蹙眉，露出痛苦的表情，接著猛地抬起頭，鷗外還是皺著眉、雙手交臂，看來他們兩個正擺出同樣的表情，雙雙沉默。

不久，鷗外仰首。

「抱歉留住妳了。」

「不會。」

接著兩人轉身，鷗外往二樓，芽衣往廚房走去。準備完晚餐的女傭富美一看到芽衣，便說著：「哎呀！芽衣小姐，妳的表情怎麼會如此苦惱呢？難道吃了很澀的柿子嗎？」

她胸口的鬱悶，究竟是怎麼回事呢？

芽衣看向窗外，灰色的天空渲染一片。今晚的雲很厚，看不清月亮。

銀座，尾張町。

被稱為紅磚街的繁華街充滿活力，有軌馬車交錯的街上每當有風吹來，塵埃便會起舞，人們都用和服的袖子摀住嘴巴通過。

芽衣是在富美告知後才知道，原來紅豆麵包是明治時代發明的食物，尤其又以前幾天鷗外買來的木村屋紅豆麵包最受東京人民歡迎為知名土產，甚至被稱為東京名產。用酒種酵母所發酵的麵皮極為香甜，其中裝飾了櫻花鹽漬的櫻花紅豆麵包具有風雅的口感，是富美最喜歡的食物。

……芽衣回想起這些，在當天下午前往鞋店跑腿的路上順道去了木村屋一趟。不過正因其被稱為東京名物的呼聲之高，等她到了店裡，所有商品早就已經賣完了。

看來她是晚了一步。實在沒辦法，芽衣本打算回家，沒想到正好從店裡出來的男性看到芽衣後，便發出「哎呀？」的一聲驚嘆。

「哦，小姑娘？我好像在哪裡見過妳呢……」

他輕推眼鏡的鏡框，毫不客氣地拚命觀察芽衣的臉。

光的角度使對方的眼眸看起來亦藍亦綠，是個有著不可思議瞳色的外國男性。對方身穿灰色的和服並搭配墨色的袴，頭髮整齊地向後梳，莫名散發出一股知性的氛圍。

（咦？我好像也在哪裡看過……）

頓了一下後，兩人同時擊掌。

「我想起來了！妳是在上野那間料亭跟我同席的小姑娘吧？」

「是的。呃、你是小泉八雲先生對吧？」

「Yes！這真是奇蹟啊！沒想到會在這裡與妳重逢！」

八雲仰天，張開雙臂，高聲表達喜悅，那誇張的動作簡直就像時隔三個月的恩惠之雨打在農民身上，芽衣不自覺驚愕地眨眼。

「由於和前陣子見面時的髮型不同，我沒有馬上注意到，真是太失禮了！」

「不，我才是呢，真不好意思沒注意到。那天八雲先生穿的是西裝吧？」

回想起來，那是一個星期以前了。在發生龍神騷動的那天晚上，八雲以翻譯的身分出席宴會，芽衣還記得他介紹自己的本業是日本民俗研究家，除了寫雜記和小說以外，也在帝國大學擔任英文科講師。

「沒錯，那天因為工作的關係我逼不得已只能穿西裝呢。果然平常的裝束就是要日式服裝啊！西裝只是個拘束的替代品，可以的話我才不想穿呢！那種東西我敬謝不敏啊。」

「噢……」

明明是外國人，卻全盤否定西式服裝，還真是個怪人啊！芽衣心想。

「話說回來，小姑娘，妳今天來銀座買東西是嗎？」

「啊、是的，我有事來那邊的鞋店一趟，想說順便買紅豆麵包，不過看來是遲了一步。」

「哦哦，這樣啊，畢竟木村屋的紅豆麵包很受歡迎呢。看來比起在橫濱外國人居留地賣的啤酒花酵母英式麵包，日本人都比較喜歡用了酒種酵母，甜味強烈的麵包呢。」

確實以現代而言很普遍的山形英式麵包在這個時代還不普及。最一開始麵包被認定是點心的一種，也有人稱之為「珍奇食品」，一般家庭會正式將其當成一餐來食用，應該是更久遠以後的事吧。

「我也喜歡英式麵包哦！輕輕烤過之後塗上奶油，中間再夾著烤牛肉最棒啦！」

說著芽衣猛烈地感到肚子一陣飢餓，真是太困擾了。

肉類實在很好吃，特別是牛肉，忘了是哪個時候，她還曾被春草挖苦地說「明明失去記憶，卻記得自己喜歡吃什麼」，她就是如此喜歡牛肉。

「什麼，原來小姑娘喜歡烤牛肉三明治嗎！哦哦，那實在太優秀了，尤其是帝國飯店的烤牛肉三明治，超級多汁！烤得香脆的麵包與滲出來的肉汁搭配，根本絕品！」

一聽到絕品，芽衣就探出了身。

「不過最喜歡日本的我果然還是不得不推崇紅豆麵包呢！在麵包中加入紅豆餡，這發想究竟有多麼驚奇！簡直讓各個西歐列強佩服日本人的這種獨創性啊！」

在輕易帶過烤牛肉的話題後，八雲用一臉爽朗的表情開始讚美日本，他的瞳孔閃閃發光，聲音也因為興奮而高昂。

正如同他本人自稱，他真心愛著日本這個國家，其身為日本民俗研究家的頭銜並非浪得虛名。

「所以呢我務必要將這個集結了日本精髓的紅豆麵包拿給小姑娘嘗嘗。來，請吧！」

「咦？」

八雲把原本手上拿著的木村屋包裝紙交給芽衣。

「不、不用了啦！八雲先生好不容易才買到的！」

「妳在說什麼呢，我平常很常吃的，無所謂啦！做為我們相識的證明，請務必給我獻給妳這份微薄贈禮的權利吧？」

八雲用紳士般的口吻恭敬地敬個禮，對方都如此有禮貌了芽衣也不好推辭，再加上感受到路人們的好奇視線，她只好感激地接下包裝紙。

「非常感謝。我想鷗外先生他們……不，是我的家人們一定會很開心的。」

她深深低下頭，八雲則是驚訝地抬頭反問「鷗外先生」？

「鷗外先生該不會是指森先生吧？」

「……你知道鷗外先生嗎？」

「當然知道！」

八雲微微一笑，頷首。

「話說回來，前幾天的宴席森先生也有來呢。原來如此，是他叫妳去參加的嗎？」

芽衣難以回答。鷗外會出現在那裡只是單純的偶然，而芽衣是因為要幫忙打扮成音奴的音二郎，才會在場的。

這些背後的隱情就先隱瞞不說，芽衣決定再次介紹自己。話雖如此，在已經失去大部分記憶的現在，她也沒什麼能夠介紹的事蹟，便說明了現在她因緣際會寄宿在森鷗外的宅邸當中。

「哦，沒想到妳竟然住在森先生的家啊！」

八雲瞪大眼鏡底下的眼眸說道。

「不過森先生什麼時候有了這麼可愛的未婚妻啦，還真是不容小覷。果然工作姿態一流的人，選擇未婚妻也是一流的！」

「不、不是的！我並不是這種身分，真的只是單純寄住在那裡而已！最長頂多一兩個月，不過就是這種程度的寄住啦！」

芽衣極為慌張地否認。雖然只是暫時的，但她姑且也算是未婚妻，其實沒有必要否認，然而即便知道「一流」這個詞是表面話，芽衣仍舊很畏懼，並反射性地加強語氣。

「哦，是這樣啊？那還真是失禮了。那麼妳近期就會回到老家嗎？還是回國外？」

「是、是的，就是那樣。」

她實在說不出預計近期內就會回現代這種話，而且預計就代表沒有定論，一切都要看把芽衣穿越到這裡來的那位罪魁禍首——查理而定。

「不過啊，我們好不容易像這樣認識了，竟然一兩個月後就要分離，讓人很寂寞呢。」

「是……」

「我認為妳應該待久一點！要是方便的話，妳借住在我這裡也沒有問題的！不，倒不如說這樣還更好呢！」

（這太亂來了吧？）

明明幾乎是第一次見面，竟然就提出如此爽快的建議。

「我非常感謝八雲先生的好意，不過我已經決定了，雖然我們才剛認識，我也會感到寂寞啦。」

「Oh……」

八雲聳聳肩，嘆了口氣，最後還拿下眼鏡做出拭淚的動作，這就是名副其實的反應過度吧。

「那樣更讓人遺憾了。如果是在我所居住的帝國飯店套房，一定可以過得很舒適呢……」

「帝國飯店……就是那間帝國飯店吧？」

總覺得自己的問法有點微妙。

對方指的應該是在現代也依舊知名的老牌高級飯店——那間帝國飯店吧？

（啊，說起來……）

不知什麼時候，鷗外好像有說過「有一位名叫拉夫卡迪奧・赫恩的朋友住在帝國飯店裡」，而拉夫卡迪奧・赫恩就是八雲的本名。

「沒錯，是位於日比谷的帝國飯店。真要說的話，比起那種西式建築，我覺得木造和茅屋頂的日式建築才有魅力，不過先不論這些，那間飯店還是很棒的啦。」

可能是覺得芽衣對帝國飯店有興趣吧！八雲一個勁兒地接著說。

「料理美味，每晚在宴會廳舉辦的表演也很優秀。哎呀，真要說有什麼缺點，就是離警視廳太近，時常會見到那些驕傲自大的警察，特別是妖邏課的藤田先生，他似乎覺得封印怪物是自己的生存價值，是個極度危險的人呢……我以前也幾度被他攪局過野外的實地作業啊。」

「藤、藤田先生嗎？」

在意想不到的地方聽見這個名字，使芽衣驚了一下。

「Yes，就是那個藤田五郎，那天晚上他不也盡情亂鬧一通嗎？似乎還有好幾名藝伎被逮捕呢，芽衣小姐有沒有受到傷害？有沒有留下什麼可怕的回憶？」

「不、不，我沒事的！那些藝伎姊姊們似乎隔天就被釋放了。」

「看來是這樣沒錯，不過那場洪水騷動實在很奇妙……根據目擊者所言，那似乎是棲息在不忍池中的水神大人在作祟呢。」

「作祟……？」

八雲從懷中拿出像是筆記本的物品，用認真的眼神開始一頁頁翻了起來，看來是用英語很仔細地記錄著什麼。

「呵呵！別看我這樣，我也曾是新聞記者呢！我活用了過去所培養的取材技巧，自行在調查與怪物有關的事件哦。」

怪物。被這麼一說芽衣猛力一驚，真不愧是前新聞記者，似乎已經看出那場洪水騷動並非自然現象。

「芽衣小姐知道從明治維新之後到現在，日本各地都很頻繁發生洪水嗎？尤其是幾年前在大阪府枚方爆發的淀川大洪水，那可是造成許多損害的慘痛災害啊。」

八雲用奇妙的表情嘆了口氣。

「有人說那場洪水是因為颱風大雨所造成的，不過另一方面，認為是因為妖怪所為的人也不少。從明治維新以後，是不是這些妖怪對於糟蹋豐富自然土地的人類感到憤怒，才引起這樣的災害呢……」

「……」

芽衣無言地點頭。

人類破壞大自然，遭受神明的報應——此帶有警言的教訓轉變為各種故事的雛型，現代也依然流傳著。不過說到底，這些都只是創作的範疇，至少身為現代人的芽衣本來並不覺得非人之物是真實存在的。

（不過，這個時代的人們不一樣呢。）

他們所說的「怪物所為」並非比喻，而是那句話原本的意思。

芽衣終於理解那天晚上，藤田面對龍神的強烈敵意為何。既然怪物潛藏會破壞一整條街的力量，就要在發生無法挽回的事之前封印災害的源頭，以人類來說這個判斷鐵定是正確的。

（那麼，為什麼我……）

水的氣味，在鼻腔中甦醒過來。

午後的太陽，開始逐漸往朦朧之刻傾斜。

青色蓮葉在水面上漂浮的不忍池相當寂靜。

平穩的午後之風吹過水面，晃動了映照在水面上的藍天，池畔周圍到處都可以看見正在散步與寫生的人們，這極為優閒的光景，甚至讓人覺得那晚的騷動彷彿不是真的。

目前芽衣沒有看見警察的身影，因而放下心來，並在遠處瞭望著不忍池。她只是在散步，也沒做什麼會有罪惡感的事，但她依舊很緊張。

（我到底是來做什麼的呢？）

聽了八雲的話之後，芽衣的內心莫名感到躁動，她本打算直接從銀座回到神田，結果等回過神來她已經搭上往上野的人力車。雖說到朦朧之刻還有一小段時間，但這裡畢竟是個讓她有恐怖回憶的地方。

不過即便是同樣的場所，白天和晚上給人的印象也截然不同。

黑鳶掠過水面緩緩盤旋，坐在蓮葉上的小青蛙呱呱呱地鳴叫。一陣風吹過，吹起了混雜著水、綠葉和土的味道，芽衣的胸口深處猛地感到痛楚。

（……咦？）

為什麼，她會有種懷念的感覺呢？

廣闊的天空、遠處可見的大樓群、漂浮在水面上的小船、喇叭的聲音。在腦海中甦醒的光景與眼前的光景重疊，看起來很相似卻又有一點點不同，然而她知道，她自己現在確實站在同樣的場所。

（我在現代時也來過這個地方嗎？）

芽衣閉上眼按了按太陽穴，感覺再一點時間她就能夠想起各種事，只是她被一堵看不見的牆壁阻隔，無法再繼續前進。如果能再踏出一步，一定可以取回所有的記憶。

「我說，妳搞什麼啊？」

此時有人朝著芽衣的方向走來。

草鞋踏著地面的聲音在眼前停止，芽衣猛地抬頭，面熟的青年劇作家用非比尋常的表情俯視著她。

「鏡花先生……？」

「妳幹嘛一臉鐵青啊！身體不舒服是不是？喂！」

他說個不停，讓人不曉得他究竟是在責罵還是擔心。

「我、我沒事，我只是突然站起來有點暈而已。」

「啥？有點暈？」

鏡花嘆了口氣，也不曉得他是失望還是放下心來，又是個讓人不解的反應。

「所以？已經沒事了嗎？」

「你在擔心我嗎？謝謝你。」

「啥?!誰、誰在擔心妳啊！反正像妳這種人，也只是因為肚子太餓才感到暈眩吧？像這種事我早就看出來了！」

好過分！芽衣瞬間想著，不過被這麼一說她確實肚子餓了。

說起來剛才八雲有給她紅豆麵包。反正有五、六個，稍微拿來當點心吃應該是可以被原諒的吧？

「鏡花先生，你想不想吃甜的東西？」

「甜的東西……喂！妳有沒有在聽別人說話啊！」

鏡花展現出憤怒，不過在說出「甜的東西」時，芽衣可沒看漏他眼中閃爍的光輝。她馬上打開手上紅豆麵包的包裝紙，並把其中一個給鏡花。

「這是木村屋的紅豆麵包，可以的話這個請你吃。」

「咦？木村屋的……？」

鏡花遲疑著，不過看來他對「木村屋」這個詞沒有抵抗力。他雙手接下紅豆麵包，出乎意料地很開心並微笑起來。

「反、反正妳都說到這分上了，要我吃也不是不行啦。」

「請吃請吃。啊，要不要坐在那邊的長椅上一起吃？」

「嗯，也可以啦……不過，在那之前！」

鏡花似乎想起了什麼，忽然當場蹲下，從手上的小包巾中拿出了玻璃製的小工具，以及火柴。那個工具看起來是燈油。

「鏡、鏡花先生！你……」

「好──來消毒、消毒！」

他用熟悉的手勢為燈油點火放上網子，用烤雞串的訣竅開始烤起紅豆麵包。黑煙與燈油燃燒的臭味一同冒了出來，同時紅豆麵包本身也覆蓋了一層黑色的炭。

「呃……這是個怎樣的儀式？」

芽衣問了。為什麼要在這種時機點做出類似烤肉的行為呢？而且用的食材還不是生肉而是紅豆麵包。

「什麼儀式啦，我只是在殺菌消毒紅豆麵包而已，像這種不知道被哪個人給碰過的東西我才不想放進口中呢，只要像這樣烤過就乾淨了，也不會吃壞肚子。」

「……」

真不知道該回答什麼。

音二郎曾說過他有潔癖，不過芽衣可沒想到竟然這麼嚴重。為了以防萬一，他平常就這樣一直帶著燈油嗎？

「那個、應該差不多可以了吧？」

以小麥粉為主要成分的麵包皮似乎很容易燃燒，表面都已經開始剝落，還有一點燒焦味。

「妳在說什麼啊！像這種東西如果不確實烤過……哇啊啊啊啊！」

「哇、哇啊啊！」

紅豆麵包突然啪！的一聲被火給包圍，兩人同時發出悲鳴向後退。那個像火球般猛烈燃燒的固體彷彿有生命一般，在網子上到處彈跳。

「哇啊啊啊、哇啊啊啊！這、這、這是怪物所為！」

「請冷靜！現在還不是怪物出來的時間吧！」

芽衣慌張地用手撈起池水，朝曾是紅豆麵包的焦黑物體潑過去，反覆幾次之後，火勢總算平息下來，網子上的狀態也變穩定了。

「太、太好了呢……」

「嗯……」

兩人清理完油燈之後，在沿著池子外圍排列的長椅子上坐下來。看來連鏡花都有些意志消沉，在沉默了一陣子後他囁嚅地說了聲「抱歉」。

「真不好意思啊，把妳難得給我的紅豆麵包給浪費掉了。」

「不會的，比起那個你有沒有燒傷？」

「我的事怎樣都好啦，倒是妳怎麼樣了？手還好嗎？火勢沒有燒到和服上吧？」

沒事的！芽衣如此回答後，鏡花便鬆了口氣。接著他一度垂下睫毛，沒多久又緩慢地抬頭凝視著不忍池。兩人並排的影子，在地面上延伸。

「啊，你今天沒穿女裝呢。」

雖然還有其他想說或想問的事，不過芽衣還是決定先從無關緊要的話題切入，只是對鏡花而言，這似乎並非毫無所謂的話題。

「別、別把人家說得像很常穿女裝的人好嗎！那種事鐵定就這麼一次好不好！我又不是川上！」

他在芽衣耳邊大聲怒吼。

由於他的來勢洶洶，本來在腳邊徘徊的鴿子群也一齊飛走了。

「所以？妳為什麼會在這裡啊，我明明就有叫妳不要再靠近不忍池吧？妖邏課的傢伙可能會在耶，妳還敢優閒地在這種地方出現啊？」

「我只是有點在意才繞過來看看而已，再說警察的人要來也是日落之後吧？」

在太陽高掛的期間，妖怪們是不會出現的，警察如果要監視龍神自然是在傍晚以後。

「……也是啦，大白天的來這裡也沒有意義，但又不是說到了朦朧之刻，白雪就一定會出現。」

「白雪？」

芽衣發問，鏡花點了點頭。

「那條龍神的名字。她是個反覆無常又任性的女人呢……不過創造出那種性格的人是我，我也沒什麼好抱怨的。」

芽衣相當驚訝，沒想到那條龍神是女性。

她本來就沒有想過龍神的性別，只是那強悍的外表總給人是男性——不，是雄性的印象，她還真沒想到對方竟然有著「白雪」這麼可愛的名字。

「龍神果然還沒有回到戲曲中啊……」

「正因為不會那麼簡單就回來我才困擾。真是的，只要一心情不好馬上就這樣，如果對方像妳一樣能用食物引誘上鉤的話就輕鬆啦。」

這究竟是什麼意思？芽衣要求鏡花說明，直勾勾地盯著他。

「我聽川上說的啦，妳好像對牛肉沒有抵抗力啊？」

「唔！」

她的耳朵馬上熱了起來。
「妳的舌頭還真奢侈耶，究竟是哪來的千金小姐啊？」
「……很可惜，我記不得了。」
「啊啊，對了，妳好像沒有關於自己的記憶嘛。」
看來這些故事也是從音二郎口中聽來的。鏡花蹺著腳，像在觀察稀有生物似地將視線飄到芽衣身上，他的應答方式雖然極為失禮，瞳孔卻像充滿好奇心大大地張開。
「那個、白雪小姐有可能回來嗎？」
「誰知道呢，我剛才也說了，白雪既反覆無常又任性，鐵定是因為我一直不讓她跟愛慕的對象見面才鬧彆扭吧。」
芽衣一瞬間因為對方直白的說明感到混亂，不過她馬上就意會到這是在講戲曲裡面的故事。簡單來說，故事正處於白雪和那位愛慕之人分隔兩地的發展吧。
——戲曲《夜叉池》。
棲息在夜叉池中的龍神白雪，暗戀著遠方的千蛇池池主。然而白雪無法前往千蛇池去見池主，倘若她離開夜叉池，附近的村子便會因為水災而被淹沒……鏡花闡述了他所創作的故事大綱。

「不過白雪對這份戀情太過焦急，已經無法忍受便決定前往千蛇池，她也不在意村子會不會被淹沒了。」

「咦？可是這樣村人們會感到很困擾吧，得有誰來阻止她才行……」

「當然，白雪的族人們拚了命阻止她，不過最後是一名名叫百合的村民阻止了她暴走。百合所唱的搖籃曲，安慰了白雪焦躁的心。」

「搖籃曲？」

芽衣抬起頭來。

那旋律馬上在腦中甦醒。該不會是指那首搖籃曲吧？鏡花曾站在池畔所哼的──

「睡吧睡吧……快睡吧……」

沒錯，就是那首歌。

從鏡花口中緩緩流淌出來的音色融化在午後慵懶的空氣當中。那溫柔又沉穩舒緩的聲音讓人感到相當舒服，明明芽衣從沒印象有誰唱過搖籃曲給她聽，她卻不可思議地感到懷念。

「我那過世的母親在我小時候，很常唱這首搖籃曲給我聽。」

鏡花吐出了這麼一句。

「沒想到到最後，白雪竟然成了『化物神』從戲曲中脫逃。她可能是覺得再繼續這樣下去，不管過了多久都見不到千蛇池池主吧……不過，其實不逃到外面的世界也沒關係的啊。」

鏡花從口中呼出了一口帶著些許苦意的氣。因為太過愛慕，白雪才跑到外面的世界追求她所思念的人。當鏡花在闡述這樣的她時，側臉上浮出了自嘲般的微笑。

芽衣忽然間想起了八雲的話。

從幕末到現在日本各地頻繁發生洪水，人們都害怕著這是怪物所為。芽衣不知道這究竟是否為事實，不過以實際問題來說，現在不忍池裡確實棲息著怪物，而妖邏課不可能放任不管。

「要是白雪小姐一直像這樣沒有回到戲曲當中……」

藤田鐵定會把白雪「封印」吧。她不知道封印的方法，是再次用那把軍刀斬殺嗎？第一次被芽衣阻止了，不過第二次肯定不會再管用。

恐怕在身為外來者的芽衣什麼都不知情的情況下，這一切就會結束了。在她觀望完這所有的事情始末後，自己也會回到現代吧。

「離戲曲完成只差一點點了……明明再撐一下下，白雪就能夠見千蛇池的池主了……」

再撐一下下，自己就會回到現代。

無論成了化物神的白雪會不會回到戲曲當中。

她明明殷切期盼著能夠離開這個時代的日子到來，卻不知道為什麼，只要一想到離開的那天，她就會感到鬱悶。最終夕陽西下所照射過來的橙光滲進了芽衣的胸口，讓她的胸口微微鼓動起來。

芽衣搭乘人力車從上野回到神田，等抵達鷗外宅邸，正好是日落時分。

她支付運費給車夫，下了車，並從外頭看見宅邸的窗戶中閃著微弱的燈光，鷗外和春草可能都已經到家了。芽衣將完全冷掉的紅豆麵包抱在胸口，打算偷偷進門並向後轉。

為什麼這個時候，她會想要向後轉呢？

不知怎麼地，她感受到了人的氣息。不，她也沒有確實看清那是人影，她只是感覺到不自然的空氣流動，想要確認罷了。

（咦……？）

她是從何時開始站在那裡的呢？

一名身穿白色裙子的女性站在離芽衣三、四公尺遠的地方，對方並非日本人，而是留了一頭柔美金髮到腰部的外國人。年齡應該和自己差不多吧，不然就是比自己大一些，有著一副讓人不自覺著迷的美麗容貌。

（咦？我好像在哪裡看過這個人……）

雖然有印象，但她所知的外國人目前就只想得到八雲。

「有什麼事嗎？」

她鼓起勇氣搭話，對方卻沒有回答，於是芽衣發現或許用日文是無法溝通的。

「……May I help you?」

芽衣結結巴巴地詢問，對方依舊沒反應，可能是她的發音不確實吧。她感到有些羞恥，思考著下一句話，就在此時。

「芽衣小姐，妳回來啦？」

玄關的門開了，富美探出了頭。

「是的。那個、好像有客人來了……」

「客人？」

富美在微暗中定睛凝神，芽衣也疑惑著再度回頭，金髮女性不知何時消失了蹤影。

「龍蝦已經回來了。」

進到陽光室後，春草一看到芽衣的臉便冷不防地這麼說。

究竟在說些什麼呢？芽衣目瞪口呆，不過她馬上就回想起那件「化物神」的事。

「……已經回到畫中了嗎？」

「嗯，我想她不會再逃走了，想說姑且報告一下。」

春草淡然地說完後，視線又落回手邊的新聞上，看來他沒打算再繼續交談，不過芽衣一臉不在意地拉開他對面的椅子坐下並探出身子。

「你怎麼知道不會再逃走呢？」

「啥？」

「因為對方是妖怪吧！就算用繩子綁在畫上面，也可能會從繩子的縫隙間唰！地溜走啊。」

芽衣比手畫腳地說明逃離方法，結果春草用一臉「這傢伙到底在說什麼」的驚訝表情折起報紙，並露出笑容。

「那幅龍蝦的畫還沒有完成，所以才會變成『化物神』，不過啊，回來之後就是我的囊中物了。只要我把畫完成，她就無法再逃離到外面的世界……大家是這麼說的啦。」

「這樣啊……」

一旦作品完成，就不必擔心再成為化物神了。既然如此，迷途的龍蝦事件就這樣解決了吧。

「太好了……」

芽衣打從心底鬆了口氣，把身體靠向椅背，春草則是像在觀察傘蜥般，用奇妙的眼神凝視著她這位吃閒飯的。

「我不懂，為什麼妳會感到鬆口氣？」

「會鬆口氣啊！掛心的事情少了一件嘛。」

「掛心的事情？」

這回換春草探出身來了。說是探出身，其實也只是肩膀向前移兩、三公分左右的保守舉動，不過能看見春草展現出興趣是很罕見的。

「啊、不，沒什麼。比起這個，鷗外先生呢？」

「鷗外先生還沒有回來，他說有個德國的朋友來訪，應該是去接待對方吧。」

德國？芽衣反問。

這個單字成了開關，她的胸口又開始蔓延上那股陰鬱感。

講到德國她馬上就回想起前幾天春草和鷗外聊到的「金髮碧眼婦人」。她記得，「德國柏林」是鷗外與那名女性的回憶之地——

（金髮碧眼？）

芽衣猛然驚覺，剛才站在門前的那名女性，不就符合這個條件嗎？

（不過，也是有很多金髮碧眼的外國人呢……）

她感到鬱悶，希望對方只是個毫無關係的路人。想要知曉一切的心情與刻意逃避的心情，芽衣正被這兩種相反的情緒給包夾。

「那個，鷗外先生……」

「鷗外先生怎麼了？」

春草雙手環胸，等她繼續說下去。

（明明就跟我沒關係，我到底打算問些什麼啊？）

雖說是代理的婚約者，她依舊沒理由去干涉鷗外的私生活，她不應該再繼續插手多餘的事。芽衣在心中如此對著自己說，春草卻毫不留情地追問。

「妳很在意嗎？鷗外先生的事。」

「……」

因為這麼一句話，芽衣的耳根微微地熱起來。

她的腦中浮現了好幾個否定的詞，只是說出口也只會顯得很輕率而已。

春草直勾勾的視線——那是可以捕捉對方想法、把人射穿的畫家觀察之眼。

不過她不會承認的。畢竟自己是現代人，鷗外則是生於明治時代，即便早已被春草看穿，她也知道一旦承認了她對這時代掛心的事情又會增加。

「……」

春草沒有打算再繼續追問。

取而代之他伸出了手，撫摸著低下頭的芽衣的髮絲。男性纖細又美麗的手指撩起了她的髮尾，芽衣嚇一跳瑟縮了一下肩膀。

「春、春草先生！」

春草的臉突然貼近，那是一對清澈的眼眸。不久他的薄唇小小地動了下。

「……燒焦味。」

「咦？」

春草起身，將鼻子湊近芽衣的頭旁邊聞。

「我說妳啊，為什麼全身都燒焦臭？妳是龜在山裡做了踏火修行是不是？」

芽衣慌張地模仿起他的動作，聞了聞自己頭髮的味道，確實有燒焦味，還有像是燻製一般的臭味。

「不是的！這個啊，是因為剛才酒精燈的火燒到紅豆麵包上啦，火柱一下子就……」

「哦哦，原來如此。」

話才說明到一半，春草就露出一臉如我所料的表情，打斷了她。

「我才想說最近這一帶怎麼有那麼多縱火事件，原來犯人就是妳啊。」

「就說不是了！冤枉啊！我只是在池畔把紅豆麵包……」

為了洗刷莫須有的罪名，芽衣本想要再多申辯些什麼，沒想到背後突然伸出了一隻手。

那隻手撥開了春草觸摸著芽衣頭髮的手，並同時抓住了芽衣的肩膀，把她的身體拉回到椅背上。「你們在做什麼啊？」

芽衣的頭上，傳來了溫柔的聲音。

她的胸口瞬間跳動了下，緩緩回頭仰望斜上方，身穿軍服的鷗外不知何時回到了宅邸，露出輕輕的微笑俯視春草，手依舊放在她的肩膀上。

「你們看起來聊得還真開心，是吧，春草？」

「也沒有特別開心啊。」

春草抽身，淡漠地回應。

「我只是在聽她的告解而已。」

「哦？講到告解，這可有興趣了，小松鼠向你坦白了什麼罪行呢？」

「天曉得，直接問本人不是比較快嗎？」

春草一臉無所謂地聳聳肩，他該不會真的把芽衣當成是縱火犯——不，恐怕他只是嘲弄她來消磨時間而已。

於是鷗外點點頭說了「原來如此啊」，便離開了椅子。

「那麼就這麼辦吧。我正好也有話要說，過來，小松鼠。」

「……鷗外先生？」

鷗外直接離開了陽光室，芽衣慌慌張張地站起來。

他來到了二樓的書房。

室內相當昏暗，鷗外仰賴從窗戶透進來的微小月光點燃桌子上的燈。儘管如此芽衣依舊看不清鷗外的表情，從玻璃管中產生的火焰將彎彎曲曲的光投射在堆疊的原稿紙上。

（鷗外先生怎麼了呢？）

在沉寂之中，只有芽衣的心跳聲不斷響著。

在她的眼睛總算習慣了昏暗以後，鷗外一面脫著外衣率先開口說了。

「其實啊，一個星期後鹿鳴館又要舉辦晚宴了呢。」

「……咦？」

「白天時高官的妻子們會帶一些手製品來舉辦慈善義賣會，晚上則是招待各個財閥的名人們，大家一起享受舞蹈來加深交流。雖然這場聚會也不是說真有什麼特別的，不過在立場上這次我無法無視呢。」

鷗外拉開了桌子旁的椅子，請芽衣坐下，並像催促她一般彎下了腰。

「如此這般，小松鼠，妳當然會陪我的吧？」

「我也要去是嗎？」

「當然啊，妳可是我的未婚妻呢，我想藉此把妳介紹給大家。」

鷗外把手放在椅背上，從背後窺視著芽衣的臉，他的邀約看起來就像到附近散步似地爽快，不過內容聽起來可一點也不輕鬆。

如果只是陪同參加晚宴，或許她還能抱持著參觀的心情享受，不過以婚約者的身分同行就另當別論了。即便芽衣對社交界的事情不熟，她也知道這件事的意義之重。

（難道鷗外先生打算把我當成正式的未婚妻介紹嗎？）

以擔任暫時婚約者的身分而言，這個擔子是否太重了點呢？這和靠臨場反應蒙混親戚的場面可不同啊。

「……對不起，我不能去。」

「為什麼呢？」

彷彿一開始就知道芽衣會拒絕，鷗外馬上反問。

「妳認為要累積身為千金小姐的修行，才自己去置屋的不是嗎？做為嘗試，展現一下成果應該也不壞吧？」

「那不是個可以用嘗試心態來展現的場合。畢竟那場宴會會有很多偉人們來吧？要是我一同去那樣的地方……」

暫時的婚約者，就不再是暫時的了。

縱使鷗外沒有那個意思，周圍的人們也會把芽衣看作是正式的婚約者，一旦被公認後，日後要撤回就並非易事，這點鷗外自己應該也清楚。

「我只是暫時居住在這裡，近期內就不得不回家去，我沒有辦法參與這種公共場合。」

「近期內是什麼意思呢？」

鷗外將寬大的手放在芽衣的雙肩上。

「妳這說法好像早已決定好了回去的日期一樣，妳回想起了什麼嗎？」

「不、不是那樣的！」

「還是妳有了其他可以住的地方？」

她感受到放在自己肩上的手稍微被注入了一點力氣，彷彿想要將芽衣定住在該處。

「不、沒有，我沒有其他可以去的地方。只是……」

「那麼妳果然還是我的所有物呢。」

甜甜的香菸與墨水味道，輕輕地包覆芽衣。

她的背後熱了起來。被溫柔地從背後抱住使她呼吸一下子亂了，鷗外的臉頰貼在芽衣耳邊，從嘴唇中吐出的氣息微微襲向了她的脖子，她的心跳不斷加快。

「妳已經忘了嗎？妳在不忍池邊對我說過的吧，妳要留在這座宅邸，妳想要回報我的恩情。」

囁嚅聲甜甜地滲進她的鼓膜，芽衣無法回應。

「我是個施恩會求回報的人呢，既然妳都承諾了我就不會輕易放手，更別說妳記憶還沒有恢復了。」

「鷗外先生……」

他的雙手，溫柔卻堅定地束縛著芽衣。

芽衣不懂鷗外的想法，她可不覺得自己以未婚妻的身分出席公眾場合是種報恩。

還是說有其他理由讓他如此希望能夠避開他人來談婚事呢？還想要再維持單身一陣子的最大原因——

——那麼先前那位金髮碧眼的婦人怎麼樣了？

——還沒回來啊，我也正盼望著呢。

（啊……）

她的腦中，閃過她無意間聽見的那段對話。

鷗外有著重要的人。即便想跟對方在一起也無法立即實現——如果他有著這樣的對象。

例如過去在留學地點曾邂逅的德國女性。他們因為某種原因分開，而鷗外一直在等待對方回到自己身邊。

這個假設一下就說服了芽衣，她也能理解就算會釀成大事，鷗外卻依舊想要拖延婚事的心情，以動機而言更是無可挑剔。

「……我明白了，我會出席晚會。」

芽衣無視胸口尖銳的刺痛抬頭說了。

現在鷗外身旁的位子是空的。如果守護這個空缺是報恩，或許自己就應該繼續擔任代理婚約者。假使這是鷗外的強烈希望，那自己就有確實在此的意義吧。

「是嗎？那真是太好了。」

確認了芽衣的意思後，鷗外馬上解開雙手的束縛。

「那麼我明天馬上叫裁縫店來，盡快幫妳製做一件禮服裙吧！很不巧我對女性的流行不熟呢……質地要用西陣織的毛織品還是天鵝絨呢？顏色要用哪種？」

「不必了啦！禮服什麼的……」

「什麼都行，妳只要讓裁縫店做出妳期望的服裝就好。話雖如此，距離晚宴也沒幾天了，可能很難請裁縫師從頭開始縫製蕾絲呢。我會盡可能滿足妳的需求……啊啊，還有，妳已經學會跳舞了嗎？」

「跳舞……咦？我也要跳嗎？」

「我總不能一個人跳舞啊。沒什麼困難的，就放心吧！只要配合著音樂在舞池裡面到處繞就行了。」

鷗外若無其事地說，芽衣不自覺感到暈眩。

她從來沒有想過自己的人生竟然會需要跳舞，而且還不是民俗舞或是盂蘭盆舞而是社交舞，她更不可能會了。

「鷗外先生，請教我跳舞。」

芽衣從椅子上站起來。

「再這樣下去，我會在眾人面前讓鷗外先生丟臉的。只有基礎也行，再麻煩了，我希望至少不要踩到鷗外先生的腳。」

「這當然是無所謂……」

鷗外一度停頓，雙手環胸。

「川上沒有教妳跳舞嗎？」

「嗯？不，沒有教啊。」

「妳和他在置屋進行了千金修行吧？其中沒有包含舞蹈的課程嗎？」

「音二郎先生教我的主要是禮儀規矩，像是高雅的走路方式或拿筷子的方式，還有塗白粉的方式等等。」

白粉？鷗外重述著微微歪頭，他似乎在意著什麼事，那表情就像正在解難題的數學家一般煩惱不已。

「我對化妝是外行啦，不過藝伎們好像都會把背也塗上白粉，那是用專門道具塗的吧？」

「是的，要用名為板刷毛的一個平面道具像這樣從背塗到胸口。」

「胸口？」

「沒錯，由於塗的是用水溶解白粉後的東西，非常冰呢，刷毛碰到肌膚的瞬間就會打冷顫。」

「哦。」

鷗外點頭，並接著問。「然後？」

「然後……夏天是沒什麼問題啦，不過冬天就很辛苦了，井水本來就已經夠冷了，還必須只穿一件薄薄的貼身襯衣化妝才行，雖然音二郎先生是說『自己早就習慣』了啦。」

「——一件襯衣？」

鷗外重述，一步步貼近芽衣。

「等等，我先整理一下。」

「……是？」

「也就是說，做為千金修行的一環，川上教了妳化妝的方法，為此妳必須以只穿一件襯衣這種有失體統的打扮，露出背和胸讓川上用刷毛來回撫摸妳的肌膚，是這樣嗎？」

「呃、嗯……」

鷗外的解說並沒有錯，不過怎麼聽起來好像是個很不入流的行為？她有些遲疑地點頭，沒辦法用言語表達得太清楚。

「而且你們是兩人單獨進行這個行為的吧？在誰也不會進來打擾的密室。」

「並不是密室，紙門是沒有鎖上的，牆壁也很薄，同一層樓也有很多其他姊姊們的房間啊。」

「不過你們依然是兩人獨處。」

「可是我們都是女生嘛！」

不、不對，「音奴」是男的。在芽衣修正之前，鷗外早一步用手指抬起她的下巴，她瞬間因那責備的視線感到畏懼。

「川上可是男人哦，芽衣。」

「但是我那時候真的不知道音二郎先生是男人。我之前應該也有說過，我只是因為他的藝伎打扮太過美麗……」

「無論如何，跟素昧平生的人進到對方房間裡還是太毫無戒備心了，在那種狀況之下，妳就算被對方怎麼樣也不能有怨言。」

「我、我沒有被怎麼樣！音二郎先生就像姊姊那樣與我相處！」

芽衣反駁。明明是事實，為何聽起來卻自然而然像是藉口呢？她的心情彷彿被懷疑是否有和戀人以外的男性幽會。

「就算真的什麼都沒有，妳也會被懷疑，畢竟除了本人以外，沒有人知道真相啊。」

「真要這麼說的話，鷗外先生不也是！」

話說到一半芽衣馬上閉嘴。

剛才自己本來打算說些什麼呢？鷗外也眨眨眼。

「……我怎麼樣了呢？」

「沒、沒有。」

芽衣立刻別開視線，然而鷗外沒有把手指從芽衣的下巴抽離，反而猛然將臉貼近和她對上眼。

「什麼都沒有，真的。」

「怎麼可能什麼都沒有呢，如果有話想說，說出來也無妨哦。」

「……」

芽衣咬緊下唇低下頭。「鷗外先生不也是有可以偷偷幽會的人嗎？」——她哪有立場說出這種話呢？

「快說，芽衣。」

說不出口也不可能說。

聽見答案是最讓她害怕的。倘若對方爽快肯定，她絕對無法保持冷靜——就連正在想著這些的現在她也心慌意亂。

（……不行，我不能去想。）

無論鷗外有沒有思念的人，知道了這些以後結果也不會改變。

芽衣深深吸了口氣調整呼吸。在此就先轉移話題吧！在鷗外那雙被燈光照射的瞳孔中，映照出了芽衣硬擠出來的微笑。

「話說回來，今天飯後有木村屋的紅豆麵包可以吃哦！鷗外先生也喜歡的吧？」

「哦，這可讓我聽到了一件好康的事呢，沒錯，我最喜歡木村屋的紅豆麵包了。」

鷗外的表情轉為笑容。

「是說，關於剛才那個話題的後續……」

「我要去準備晚餐了，先離開囉。」

她想要立刻從房間離開，卻猛力被抓住手腕阻止她的行動。即便如此她依舊有些強硬，拚命地想往門口走去。

「等等，準備晚餐很重要，木村屋的紅豆麵包確實也很有吸引力，不過我還想再和妳多聊一些。」

「我、我也想這麼做，但是不早點準備，晚餐的時間就會晚了。」

「就算稍微遲了點又怎樣呢？又不是說要從現在開始準備宮廷料理。」

鷗外極度冷靜，不肯罷休，在他能夠接受之前他是不會退讓的。在兩人相處的過程中，芽衣也慢慢了解他的個性。

當然她並沒有掌握一切。然而對方已經讓她接觸到自己的人格，把她安置在甚至會被自己吸引的極近距離之內，在這段絕對稱不上長卻可以稱之為溫馨的同居生活之中。

「……拜託了，請你離開。」

「芽衣？」

「鹿鳴館的晚會我會盡我所能努力，為了不讓鷗外先生丟臉我也會練習舞蹈，我一定會報恩的……至今為止受到了這麼多幫助，希望這麼做至少能夠當成回禮。」

鷗外似乎沒想到芽衣會說出這種類似離別的話，四周散發一股微妙的空氣。他手部的力道稍微減弱了。芽衣輕輕一鞠躬，快步地離開書房往一樓走去。

第三章　再訪鹿鳴館

隔天，雨從凌晨開始就一直下著。

吃完午餐，芽衣搭乘人力車前往銀座，去化妝品店購買了白粉和口紅。在晚宴的當天她有義務要盛裝打扮，鷗外也說了如果有什麼要攜帶的物品就事先買好。

昨天晚上她和鷗外之間的氣氛有些尷尬，不過今天早上見到他，他的表現一如往常。他一大早就去沖涼，以整齊的姿態享用早餐，並用慣例的沉穩笑容說著「我出門囉」後離開宅邸，這一連串的流程都非常流暢。

若冷靜下來想想，他們也沒有吵架，鷗外表現得和平常一樣也沒什麼奇怪的。

既然如此，沒有保持平常心的就只有自己了。芽衣心中依然有著滿滿的陰鬱感，就這樣離開化妝品店，突然回想起以前曾看過的報紙內容。

（……我記得鹿鳴館好像有開設舞蹈教室的樣子？）

在當初創建鹿鳴館時，外務省注意到沒有日本人會跳最關鍵的舞蹈，便緊急召聘了外國的講師，讓紳士淑女們學習舞步。她還記得報紙上刊載過，現在鹿鳴館依然有定期開設舞蹈教室，以那些即將在社交界出道的千金小姐們為對象。

（就去看看吧！）

芽衣抱持在所剩不多的時間內創造回憶的心情前往日比谷，然而即便如此她的情緒也絕對稱不上正面。

講到鹿鳴館，那是她被謎樣魔術師查理帶去的地方，就某種意義來說確實很難忘。

此外芽衣還突然被藤田五郎警部補當成可疑人物，差點就被帶到警察局。如果不是湊巧在場的鷗外出手相助，或許她現在就不得不在拘留所生活了。

由於發生了這些事，這棟歷史性的建築物對芽衣而言只不過是「恐怖的場所」，明明好不容易抵達了目的地，她卻只能遠遠瞭望那棟鐵柵另一側的白牆宅邸，直到現在。

（唔唔……我果然沒辦法進去啊。）

能夠震懾住觀看者的豪華外觀，再加上露出可怕神情的衛兵們在玄關嚴密監視。

芽衣不過是想要諮詢關於舞蹈教室的事，卻一直無法踏出那一步。其實她不必害怕，只要像前往區公所那般用輕鬆的心情敲門就好了。

「……啊！」

此時她不自覺叫出聲。

就在她好不容易有所覺悟而踏出第一步時，有個曾經見過的人從鐵柵欄前面經過。

（藤、藤田先生?!）

那名將警帽壓低，腰上掛著發出摩擦聲的軍刀一邊走路的人，毫無疑問就是藤田五郎。

可能是正在巡邏吧，在薄霧瀰漫之中，他銳利的眼神閃爍著光輝，只是看著那令人畏懼的姿態，自然就會冷汗直流。芽衣緊張起來，心臟開始亂跳。

芽衣本想要就這樣轉身，靜靜地往前來的道路回去。然而可能是因為太過緊張，她的腳絆了一下，手上抱著的包袱就這樣大力地掉落，包袱中的白粉罐掉了出來，發出喀啦喀啦的聲音在石子步道上滾動。

（糟糕！）

芽衣倒抽一口氣，慌張地把包袱撿起來，卻沒看到白粉罐，便在周圍四處張望地尋找著。

「——喂。」

冷峻的低沉嗓音使芽衣的背脊發涼。

就好似充滿濕氣的油紙傘陷進了她的肩膀一般，令人感到沉重。儘管如此，她也不能不回頭看，只好板著一張臉再度轉身。

果不其然，喚住芽衣的人是藤田。天空下著小雨，他用可怕的表情低頭看著眼神徬徨不定的芽衣。

（啊啊，怎麼辦？）

偏偏見到了最不想要見的人。芽衣連打招呼都做不到，只是低著頭，沒想到藤田唐突地把手伸了出來，芽衣不自覺因為這個動作而有所警惕。

「快拿走啊。」

「……？」

「妳在幹嘛？這是妳的吧。」

藤田手上，拿著剛才芽衣掉落的白粉罐。

他將罐子推給驚呆的芽衣，自己也愕然地吐了口氣。

「不要呆呆地走在車道上，要是被馬給踹飛妳也怨不得人的。」

「呃……那個……」

「最近有很多搶劫犯以年輕女性為目標，如果不想被偷，就把貴重品保管好。聽懂了沒？」

「……好的。」

她本以為自己會被不由分說地抓到警視廳，對方的舉動實在出其不意。這個忠告意外地正經八百，使她的回應也跟著鬆了口氣。

（他該不會不記得我吧？）

芽衣懷疑地盯著對方，結果藤田一臉驚訝地蹙緊眉頭雙手交臂。

「今天妳沒有跟森陸軍一等軍醫大人在一起啊？」看來對方確實記得她，這也是理所當然的。芽衣語無倫次回答著「今、今天沒有」，並從和服的袖子中抽出手帕。

「謝謝你幫我撿起來。啊、方便的話，請用這個！」

「……？」

「這是手帕，請用吧！」

「不需要。」

被冷漠地拒絕了。芽衣無地自容，手在空中徘徊。

「可是你的衣服全濕透了，要是不趕快擦乾會感冒的哦。」

「我怎麼可能會因為這種程度的雨就感冒啊。」

「會感冒的，要是惡化成肺炎可就麻煩了，總之請你擦乾吧。」

芽衣進退兩難，只是半強迫地把手帕推給他。被迫接下印有兔子花樣手帕的藤田很明顯露出厭惡的神情，不過可能是覺得再繼續拒絕也很麻煩，便勉勉強強地擦去制服上的水氣。

（嗯？總覺得他今天好像沒那麼恐怖呢？）

才剛這麼想著的下個瞬間，藤田的眼神馬上散發出冷漠的一絲光線。

「妳為什麼在這裡徘徊？應該不是企圖要非法入侵之類的吧？」

「我、我才沒有企圖做那種事情呢！」

芽衣馬上否定。上一次姑且不談，這次她確實有很正當的要事才打算造訪鹿鳴館的。

「如果妳在圖謀什麼不好的念頭，那可是徒勞無功的，妳和泉鏡花早就已經在我們的眼皮底下。」

「……鏡花先生也是？為什麼？」

「有兩個原因，第一，他是『魂依』的可能性很高。」

藤田直截了當地說。

「我們警視廳妖邏課有義務管理所有在管轄區域內的『魂依』，有時必須尋求他們協助有關怪物的案件，反之亦然，畢竟也有人會利用怪物做壞事啊。」

他瞥了芽衣一眼，接著說道。

「第二，泉鏡花有可能是創造出『化物神』的作家。」

芽衣一驚。

她拚命努力不要將情緒表現在臉上。不，此時直率地表達驚訝會比較好嗎？藤田面無表情地盯著無法做出適當反應的芽衣，彷彿不想錯過任何變化一般。

「……這種事誰也不曉得吧？這個世界上有那麼多作家，為什麼就只針對鏡花先生？」

「並非每個作家都可以的。」

藤田打斷她，雙手交臂。

「我是不太知道要怎麼區別，不過這個世界上有能夠輕易創造出『化物神』的藝術家和不能如此的藝術家，而隸屬於妖邏課的『魂依』表示泉鏡花也包含在前者——還有森鷗外。」

「鷗外先生也是？」

在意想不到的情況下出現這個名字，使芽衣睜大了眼。

不過仔細想想，這或許也沒什麼好驚訝的，如果靈魂會寄宿在優秀的作品中，那就一定會提到鷗外的名字。

「那個我可以發問嗎？」

芽衣徹底裝成只是「單純的好奇心」提出疑問。

「那個『化物神』之中應該也有會傷害人類與不會傷害人類的吧？如果有藝術家創造出前者……那個人會變成怎麼樣呢？會被逮捕受到嚴厲的懲罰嗎？」

「妳明明是『魂依』，卻不知道這種事啊？」

藤田吃驚地拋出這麼一句，接著說。

「據說『化物神』並不是能夠蓄意產生的存在，目前也沒有制定出會懲戒作者本人的罰則，不過必須要消滅元兇。」

「元兇？」

「即是消滅那部作品本身。只要根基不存在於這個世上，『化物神』自然也會消滅。」

「消滅是指……」

芽衣腦中突然浮現出那個兇猛的龍神身影。

換句話說，只要燒掉或是破壞掉鏡花手中未完成的《夜叉池》，那個龍神也會從不忍池消失。

「不過要是做了那種事，難得的作品不就無法問世了嗎？」

「我們警察的工作是維持安穩的秩序，其他的可不管。」

藤田的回答相當簡潔，芽衣心想這麼說也沒錯。維持和平且平安的生活是人們的願望，也沒有什麼事情比這更優先了。

可是——

「妳有什麼線索嗎？」

藤田的眼光銳利了起來，踏出一步。

「我在問妳，妳身邊是否有人創造出了這種不好的化物神？」

芽衣馬上搖頭，裝成一副什麼都不知道的樣子，但她不曉得這麼做行不行得通。她明明沒有說謊，卻彷彿被看透心底深處的內疚一般，尷尬地說不出話來。

「小姑娘我在問妳，妳為什麼沉默？」

「因、因為，我……」

藤田又向前踏出了一步。就在他高大的影子覆蓋住芽衣的那一刻——

「給我等等——！」

芽衣聽見了叫喊聲。因為那飛快的人影，她和藤田瞬間往同個方向看去。

「藤田先生！你在做什麼啊！現在立刻離開芽衣身邊！」

「小泉……？」

不知從何處像旋風一般颯爽出現在眼前的人，正是八雲。

他拋下傘，用和服被雨淋濕也毫不在意的態度闖進兩人之間，接著像隻守護小熊的公熊，勇敢地擋在藤田面前。

「我說你這樣也算日本男兒嗎！竟然敢插隊，我可不允許這種卑劣的行為！」

（插隊？）

芽衣歪著頭，同時藤田也訝異地揚起單邊眉毛。

「我已經和芽衣小姐約好在先了！你這樣插隊會讓我非常困擾！這可算不上日本武士啊！」

「那個、八雲先生？」

「你在說什麼不明所以的話啊。」

藤田一臉很麻煩似地拋下這句話。

「我現在在工作，晚點再說。」

「說什麼在工作啊！反正你也只是打著職務質詢的名義窺探芽衣小姐的隱私，要是有破綻就把她帶到能夠兩人獨處的地方吧！我已經看透你的把戲了！這就是官府橫暴啊！」

「別開玩笑了，要是你打算繼續愚弄我，我就會視為違抗官吏而逮捕你！」

「No！要也是你被逮捕吧！竟然向這麼年輕的小姑娘出手，你也稍微考慮一下自己的年齡啊！年齡！」

看來在八雲眼裡，藤田看起來是在「搭訕」芽衣。這當然是個天大的誤會，只是八雲太過確信此事，藤田握住軍刀的手也進入了備戰姿勢。

「你就這麼想要被砍嗎？這個假外國人！」

「請便請便，這個不知廉恥的警察！」

「那個……」

芽衣的聲音無法傳達給這兩個正在大肆辯論的人。

不久黑色的烏雲籠罩天空，雨勢變得更加激烈，在響了一聲雷鳴後，這個毫無結果的爭論終於結束了。

藤田回到警視廳，芽衣也打算回去鷗外的宅邸，然而這雨勢可沒辦法搭乘人力車，就在她困擾之際，八雲嘻皮笑臉地對她說：「帝國飯店有在派馬車的，我帶妳去吧！」

帝國飯店就位於鹿鳴館旁邊，在八雲領著她抵達正門口的瞬間，芽衣不自覺發出驚嘆。

「哇啊……」

寬廣的廊道對面，聳立著厚重的石造建築。

那包圍長方形池子的紅磚色外觀有著透明的柱子與方格花紋的玻璃窗等細部裝飾，洋溢著與洋房完全不同的東方風情。

一打開正門，鋪著紅毯的中庭入口就讓芽衣震懾住了。大型柱子裡頭裝有燈飾，在幾何花紋的透明浮雕中若隱若現，打造出讓人彷彿身處異國的幻想。

往來的行人，都是穿著紳士大禮服和裙子的外國人。隨處可聞的外文對話，使芽衣一瞬間不曉得自己身處於何處。

「哦？芽衣小姐，妳是第一次來帝國飯店嗎？」

八雲遞出手帕給被雨淋得濕透的芽衣，芽衣接下並向他道謝。

「這棟建築物實在太雄偉了，讓我大吃一驚。八雲先生住在這裡對吧？」

「沒錯，在找到新家之前我打算先住在這裡，不過我一直找不到理想的日式房屋，在並非本意之下就拖拖拉拉地一直住到現在了。」

八雲說得爽快，只是這間飯店光看就很高級，再怎麼想這都不是能夠就這樣輕鬆住的設施，看來他相當有錢吧。

「哎呀，不過呢，我之前正好想說要邀請芽衣小姐喝杯茶呢！竟然能像這樣在實地作業時重逢，實在很幸運啊！」

「真的非常巧呢。」

看著感慨萬分的八雲，芽衣也點點頭。雖說對方以帝國飯店為據點，在日比谷或銀座偶遇也沒什麼奇怪的。

「……巧？真是這麼回事嗎？如果有這麼多巧合，我認為說是命運——也就是destiny也無妨吧？」

「咦？可是鹿鳴館就在這間旅館旁邊啊。」

「難怪我從今天早上內心就一直很躁動，這就是要和芽衣小姐重逢的信號啊！我也像這樣把妳從魔掌中救了出來，看來今天在雨中出門可以說是太正確啦！」

「噢……」

魔掌，應該是指藤田吧？一見面就被誤會是在「搭訕中」，還被找碴了一番，想到他這樣芽衣也有幾分憐憫。

「話說回來，剛才妳有沒有被藤田先生做什麼過分的事？想必讓妳有了可怕的回憶吧？」

「不，他只是問我一些問題，沒什麼可怕的。」

雖然還是因為他不變的威壓而感到膽怯，不過沒有恐怖到會讓人瑟縮不已，對方問話的內容也沒有脫離常軌，此外還特地幫她把白粉罐撿回來。

（感覺他也不像想像得那麼恐怖呢……）

由於第一次見面時就被當成可疑人物，只有芽衣單方面不擅長應付他，然而仔細想想，她也沒有直接受到什麼嚴厲的對待。

再者，以藤田的立場來看，把原本就是可疑人士的芽衣當成是可疑人士也沒什麼不對，以警察來說那是理所當然的。

（或許藤田先生的外觀太可怕，是很吃虧的呢。）

芽衣不自覺這麼想。就算他其實只是個單純、認真又正直的人，用那種冷淡的說話方式和一臉不開心的表情，即便不是芽衣，別人也會不知道要怎麼面對他吧。

芽衣思考著，周圍突然喧鬧起來。

「Why are policemen in the lounge?」（為什麼會有警察在大廳？）

「A man with a blank featureless face appeared.」（出現了一個面無表情的男人。）

先前朝著大廳走去的外國男女一面聳著肩回來了。接著幾名警察從玄關入口快步踏了進來，氣氛有些動盪不安。

「發生什麼事了嗎？」

「其實啊，昨天晚上館內有貴重物品被偷了呢，他們應該是在搜查吧？」

八雲嘆了口氣，輕輕推了一下眼鏡。「悲哀的是，警察一直用怪物才是犯人的眼神在盯著我們大家呢。」

「……是說怪物是小偷的意思？」

這推理頓時讓人難以理解。人類暫且不論，怪物會需要這些貴重物品嗎？

「果然，芽衣小姐也覺得奇怪吧？其實關於這次的事件，我也有些懷疑，會不會是警察打著維持治安的金科玉律斷定怪物是竊盜犯，想藉此一舉排除呢……如果這也是歐化政策的一環，那實在太讓人惋惜了。」

八雲憂慮地垂下視線。

愛著日本這個極東小國，對於民俗研究毫不懈怠地努力並傾注心血的他，看起來很憂慮仿效西歐諸國而急速近代化的日本末路。就連才身處明治時代沒多久的芽衣，也實際感受到社會風向已朝著排除妖怪的方向前進。

「不過我的運氣還真不好耶！還想說碰巧有機會邀請芽衣小姐在大廳喝茶，若還得在警察們的監視下，好好的下午茶時光都白費了。在此我還是成熟地用馬車送芽衣小姐回去吧！」

在八雲於櫃檯安排馬車的期間，芽衣對滿是富裕外國人往來的氣氛感到卻步，便先一步離開入口。遠方仍然雷聲大作，雨也繼續下著，周圍完全暗了下來。

「？」

她呆站在原地，看著天空，感受到有誰在看著她。

有人正佇立在池子兩側的白色柱子陰影下。對方想要從瓦斯燈的照明中隱藏自己的身影，他直視著芽衣的方向，看來應該是男性。

而芽衣之所以無法斷定為男性，原因在她看不清楚對方的臉。不——不是看不清楚臉，而是**那名男人沒有臉**。他沒有眼睛、鼻子和嘴巴，用著虛無的表情面向芽衣。

芽衣沉默著，和無臉男對望好一陣子。明明對方沒有眼睛卻說在對望，這感覺有點奇怪，不過她意外地沒有感受到恐怖和驚訝，或許是因為對方看起來非常寂寞。

彷彿只是一個勁兒地焦急等待不會來的某個人……

「芽衣小姐，讓妳久等了！馬車馬上就會來囉。」

「好的，謝謝你。」

不久八雲也來到飯店外，就在此時男人消失了蹤影。

芽衣有些遲疑，到最後她還是沒有說出看到這名男人的事，而她自己也不清楚，為什麼自己會默默保密。

東京府牛込區有好幾間學校隸屬於陸軍省教育總監的管轄底下，鷗外任教的陸軍軍醫學校也是其中之一。

在教官室與軍醫們辯論了食物改良議題好一陣子後，鷗外打算回家因此來到走廊，結果被某個人給喚住，是個名叫小池的男人。

「哎呀，森先生，我從少佐那裡聽說囉，你好像有婚約啦？」

小池大了鷗外八歲，不過兩人是同期。他似乎嫉妒鷗外以史上最年輕的身分從東京醫學院畢業，每次見到面都想找鷗外辯論一番，而這個男人很難得拋出非專業領域的話題。

「我聽說這是你堅決不顧親戚們反對的英明決定呢，竟能夠得手像你這樣的男人，整個省內都在傳說那名女士鐵定有著能讓人魂牽夢縈的好姿色。請務必讓我請教一下這件事哦？」

「和傳聞沒有什麼不同呢，小池一等軍醫。」

鷗外一面走在石造的走廊上，快速回答，最近他越來越常被問到這件事。

「她非常可愛，笑容自然不必說，就連生氣時鼓脹著臉頰也很有魅力，就算遭到全世界的松鼠們嫉妒也不奇怪呢。」

「松鼠？」

「沒錯。」

正因如此，他才會想故意惹芽衣生氣。鷗外露出微笑，小池則疑惑地歪頭。

「——話說回來，這次的晚會你當然會帶那名女士露面吧？你總不會把她當成被偷走羽衣的天女那般，關在籠中不讓她外出吧？」

「哈哈！這可真是個有趣的提案。」

鷗外沉穩地笑著，繼續說道。

「不過不必擔心，這次的宴會我當然會讓她同行，不然，我也不會特地暫緩撰寫論文的工作，前往日比谷那偏僻的地方呢。」

「確實。由於太過稀奇，現在大家都因為鹿鳴館啊、跳舞啊什麼的歡欣雀躍，但這現象不會長久的。在我國能夠花三十圓買一件裙子的人只有極少數啊。」

小池聳聳肩，從走廊的窗戶瞭望外頭持續下著小雨的光景，接著感慨萬千地看著鷗外的側臉。

「儘管如此，森先生總是讓人驚訝呢。當我聽說你在德國留學時曾於地學協會的演講會上向瑙曼教授申請決鬥時，我都差點失去意識了，現在省內也依然在談論著那場前所未聞的騷動啊。」

「我只是糾正對方的錯誤而已，說我們這些欠缺基督教基礎的日本人和西歐人比起來較為劣等的主張實在極度缺乏說服力，被毫無根據地誹謗，我可不能坐視不管。」

埃德蒙．瑙曼是德國的地質學家，他長期居住在日本，卻有「佛教在提倡『女性都不會深思熟慮』」等錯誤認知，闡述日本人這個民族的劣等性。

聽聞此事後感到義憤填膺的鷗外要求瑙曼教授更正自己的認知，如果對方沒有打算撤回他的言論，他會賭上雙方的性命決鬥。

「結果你的主張不是受到在場許多知識分子的支持嗎？瑙曼扭曲的表情彷彿歷歷在目啊。」

「那都是以前的事情了。」

「對年輕的你來說，那也不是很久遠的事情吧，不過和從德國回來的當時相比，感覺你變得圓滑些了呢。你原本就是個很柔和的人了，該怎麼說……和老成又不太一樣。」

小池似乎思忖了好一會兒，結果到頭來還是找不出適當的詞彙，兩人就這樣在校舍前分開。鷗外在大馬路上搭上了馬車，透過小小的車窗，他看見在雨中朦朧不清、五花八門的街景。

和過去曾生活過的柏林似像非像的景色。

然而從車輪傳來的震動讓他回想起那座石造的城市。和學友們一同學習，接觸歐洲孕育的藝術——並墜入情網的那些日子。

他抱著沒有堅持到最後的回憶離開德國，至今究竟過了多少時日呢？那段日子的記憶逐漸淡去，殘留在胸口中的疼痛餘暈現在卻依然刺痛著他。

不久馬車通過麴町，進入神田，抵達鷗外的宅邸。鷗外在玄關把濕掉的外衣交給富美，進入陽光室，結果本來坐在沙發上看書的芽衣嚇了一跳抬起頭來。

「啊、歡迎回家！」

「我才剛回來呢。啊，妳不用站起來繼續看吧。」

可能是太專心在看書了，沒有查覺到鷗外回來，因此感到有些尷尬吧。鷗外噗哧笑了一下，目光突然停留在芽衣手上拿著的書本封面。《Glimpses of Unfamiliar Japan》，這本書的書名可沒有在鷗外的書架上看過。

「妳去了借書店嗎？」

「不，我剛才在日比谷和八雲先生巧遇，他給我的。」

「八雲……也就是小泉先生吧。話說回來他住在日比谷呢。」

可能是覺得此時聽見八雲的名字很意外吧，不過後來，鷗外便回想起八雲和芽衣在引發龍神騷動的那時曾見過面。

「這是本怎樣的書？」

「這……全都是英文，我不是很懂，好像是集結了日本民間故事的書，像是鳥取流傳的被褥妖怪與河童的故事等等。」

「哈哈！這還真像小泉先生的作風，他可是比我們日本人還有更多的鄉土愛呢。」

芽衣也深深點頭，贊同鷗外的話。

不過就算是這樣……鷗外心想，雖然只是很粗淺的程度，卻能夠理解用英文所寫的書，這種教養到底是在哪裡又是怎麼培養出來的呢？在上野精養軒時他就訝異芽衣能以很習慣的手勢使用刀叉，而像是莎士比亞、莫札特甚至是米開朗基羅、達文西等人的名字對她而言也是理所當然的知識。

她鐵定是受過高等教育的女子，為此鷗外曾利用關係調查過華族女子學校和菲利斯神學校等等的學生名冊，卻哪裡也沒有記載綾月芽衣的名字。

「話說回來，小泉先生知道妳是『魂依』嗎？」

「我想他應該不知道，我告訴他會比較好嗎？」

「不，妳沒有必要特地跟他說，如果之後他有機會問妳，妳到時再說就可以了。」只是如果八雲知道芽衣是魂依會怎麼想呢？既然他會對妖怪一類展現出非比尋常的好奇心，他鐵定會對芽衣抱持著更深的興趣。

「……」

這個展開對鷗外而言可不是令人開心的。

並非因為對方是小泉八雲，任誰都一樣。他的心情和聽聞芽衣為了與扮成藝伎的音二郎見面而進出置屋時相同。

「話說回來，妳有說過妳想學跳舞吧？來，手借給我。」

「咦？現在在這裡跳嗎？」

「房間夠寬敞的，可不會輸給鹿鳴館的舞廳哦。來！」

彷彿要逃避心中那種介懷的感受一般，鷗外拉著芽衣的手，摟住她的腰。

「哇！那個……」

「代表社交舞的華爾滋是四分之三拍，舞步是三步、六步、九步，像這樣以三為基準，舞步的速度也都是一樣的，應該很好理解才對。」

Rise（高姿）、Lower（低姿），不斷讓身體載浮載沉。縱使舞步很單純，要習得這個沉浮的技術，正是華爾滋的困難之處。

「怎麼啦？如果不曉得舞步，基本上只要向左邊一直轉就行了，這麼一想就會覺得很輕鬆吧？」

「不，這一點也不輕……哇啊啊啊！」

突然間一個大迴轉，使芽衣眨著大大的眼睛發出悲鳴。那實在是太讓人愉悅——不，是太可愛了，鷗外不自覺重複好幾次這個動作。

「請、請暫停！我都頭暈了！」

「哈哈哈！又不是翻了個跟斗，只因為這樣就暈，妳的未來可會讓人憂慮的哦。如果到時候妳身體不舒服，就不能品嘗鹿鳴館自豪的烤牛肉了不是嗎？」

「！」

烤牛肉。這句話讓芽衣的表情瞬間變了。

芽衣的眉頭猛地用力，表情也變得嚴肅，甚至讓人感受到彷彿現在要去解決雙親仇人般寧靜的氣魄，看起來相當可靠。

「沒錯沒錯，就是像這樣哦，小松鼠。如此一來妳會跳得比任何人都還要好的，擔任妳伴侶的我，會被所有參加宴會的紳士們給嫉妒吧！」

鷗外扶著那位穿著袴、踏著不成熟舞步的少女笑了。

只要看著芽衣，心情就會緩和起來，另一方面他也覺得芽衣不滿足於現狀的上進心非常閃耀。失去記憶又無依無靠的她鐵定感到很不安，沒想到她對自己可悲的立場一點也不悲觀，反而以「千金修行」的名義積極行動。

現在出社會工作的女性依舊很少，社會一般的認知是「女人不需要學歷」，不過鷗外可不這麼想。女性也能活躍的社會，不正是真正富饒之國該有的姿態嗎？他殷切期盼著未來，像她這樣獨立自主的女性可以不必遭人口舌。

（可以的話，就這樣一直……）

他想要在身旁守護著會進一步成長的芽衣。

即便總有一天要鬆開這雙手。即便不是任何人，而是芽衣取回的記憶最終會將她從鷗外的身邊奪走。

第四章　華爾滋為深夜的樂曲

接受鷗外的邀請後過了一個星期，終於到了晚宴當天。

直至夕陽落下，雨也沒有停止。芽衣從前往鹿鳴館的馬車中看見了滲水的街燈，面對太陽剛下山的微暗景色，她完全無法排解心中的緊張。

（我的妝沒有很怪吧？要是被嘲笑怎麼辦？）她身上緊緊穿著才剛縫製好的巴斯爾風格禮服裙。金色的質地如夢一般美豔動人，柔軟的觸感也讓她的情緒十分高昂，但是她再怎麼樣都對化妝的成品沒有自信。芽衣很在意浮粉問題，而出門時富美拋下的一句話也是讓她掛心的原因之一。

「哎呀，芽衣小姐用了無鉛白粉嗎？雖然那對皮膚比較好啦，不過白粉還是要含鉛才行啊。」

在現代隨處可見的一般膚色粉底液在這個時代還不存在，以鉛製成的純白粉才是主流，若想要在臉頰上塗胭紅，就使用帶有紅色的白粉。

然而再怎麼說鉛都含有毒性，故近來也開始出現了「無鉛白粉」。只是在完妝的完美度上前者壓倒性獲勝，就算知道可能會危害身體，大多女性還是會選擇有鉛白粉。

芽衣也懂這種心情。無論在哪個時代，女性都是以可愛為優先，倘若髮型差強人意就會憂鬱一整天，這鐵定是一百年前還是一百年後女性們不變的共同認知。

（可是已經沒有時間重新化妝了……）

事到如今也無法重新塗白粉了，芽衣深深嘆口氣。從剛才開始坐在一旁的鷗外就沒有正眼看過她，讓她覺得更可悲。

「果然還是把春草一起帶來比較好吧？」

於是身穿軍服的鷗外一臉煩惱地囁嚅。

「只有我們參加豪華的晚宴，總覺得很不公平啊……我們應該在此折返嗎？」

「……我想他應該會覺得非常困擾……不、哎呀，春草先生不是說還有作業嗎？」

很關心借住者的鷗外當然也邀請了春草來晚宴，不過也理所當然地被說了句「不必客氣了」而拒絕。這個結果顯而易見。

就連沒什麼交情的芽衣都知道春草會拒絕，她不懂鷗外即便如此還是果敢邀請春草的心態。還是說他只是單純想要惹春草嫌棄？

「嗯哼，他依舊是個認真的男人呢，明明再稍微放鬆、自由點生活就好了啊。」

「……」

如果春草在場，他鐵定會吐嘈說「鷗外先生太自由了」。

「比起鹿鳴館的款待，我想春草先生應該更喜歡富美小姐的料理哦，我也最喜歡富美小姐做的牛肉時雨煮了。啊！當然燉煮鯖魚和蔬菜拼盤也很美味！」

「關於這點我也沒有異議呢。豪華料理是不錯，不過外食在衛生上畢竟有所疑慮啊，雖說鹿鳴館和精養軒的料理應該不會有問題啦。」

以前曾學過衛生學的鷗外也很講究衛生的，只是不像鏡花那麼嚴重。會喜歡把烤過的水果當成零食吃的這一點，恐怕也有殺菌的意義在吧？

（鷗外先生和鏡花先生搞不好會很合得來呢。）

她也有聽說鏡花本來就是鷗外的大粉絲，如果讓他吃鷗外特製的「饅頭茶泡飯」，他會有什麼反應呢？屆時芽衣倒想在遠處觀察狀況如何呢。

然而自從在上野公園分別以後，她就沒有再見過鏡花。

她非常想探聽鏡花的近況，但是既然知道鏡花在被妖邏課監視，就不能貿然行動，可不能因為身為魂依的自己接近鏡花，導致兩人更加被盯上。

「到囉，芽衣。」

不久，馬車穿過鹿鳴館的門抵達正門玄關。

先下了馬車的鷗外把手伸向芽衣，似乎是要芽衣抓住他的手。

「沒、沒問題的，我自己可以下去。」

「這可真靠得住啊。不過今天晚上能否讓我帶領妳呢？還是說妳不想要把手交給我？」

「沒有這回事！我會交給你的，請讓我交給你吧！」

芽衣慌張地把自己的手疊在他的手上。她沒有穿著正裝被他人帶領的經驗，所以很困惑，果然經驗值太低是無法單靠事前的想像訓練來彌補的。

（至少今天要享受，畢竟這種事可不會再有第二次了。）

芽衣下了馬車，再次挽著鷗外的手。

接著她挺直腰桿，收起下巴，深呼吸。

今天晚上要讓自己成為完美的淑女。她想像自己是走在紅毯上的女明星，朝向閃爍著耀眼光輝的大廳踏出一步。

鹿鳴館的一樓是大食堂和報紙間，而二樓是舞廳。已經有不少紳士淑女們集結在有上百坪大小的二樓，配合著軍樂隊演奏的管弦樂展現優雅的舞步。

在閃爍的水晶吊燈燈光亂舞之下，芽衣緊張地昂首闊步。她明明已經下定決心來鹿鳴館一定要吃到烤牛肉，然而別說是烤牛肉了，她連揚起笑容的餘裕都沒有。另一方面鷗外則一如往常地用沉穩的笑容和交錯的人們打招呼。

「哎呀，森先生，傳說中的未婚妻殿下就是你身旁的女士嗎？」

「……哦，這就是那位千金小姐嗎？既然是森大人所選擇的，家世鐵定很好吧？請務必讓我認識一下。」

對著身為鷗外伴侶的芽衣，他們投以充滿好奇心到甚至可以說是露骨的視線。

芽衣已經有會被品頭論足的覺悟了，只是依舊無法冷靜下來。聚集越多人們的視線，她越覺得自己不夠格站在鷗外身旁因而感到自卑，表情也逐漸僵硬。

（啊啊，我果然還是想要重新化妝。）

芽衣不覺得只是重新化過妝就會有什麼改變，然而照現在的情況看來她也只會退縮而已。芽衣用尷尬的微笑站在那，接著有個人拍了拍她的肩膀。

「喲！我還想說怎麼有個超級美女呢，原來是芽衣啊！」

「……音二郎先生？」

一回頭，身穿紳士大禮服的音二郎就站在後面。

他輕輕舉起手，彎起爽朗的眼角。他輕輕鬆鬆就撐起日本人還不熟悉的長版西裝外套，在身穿高級服飾的人們之中就屬他特別顯眼。

「音二郎先生也來啦？咦？今天不是藝伎的打扮……唔呃！」

「笨蛋，聲音太大啦！」

被一隻大手給遮住嘴後，芽衣慌慌張張地道歉說「非常抱歉」。芽衣完全忘了，音二郎平時會以藝伎的打扮工作這件事是只有自己、鏡花和鷗外知道的祕密。

「我今天不是音奴，而是以川上音二郎的身分被邀請來晚會的，平常總是很關照我舞臺表演的華族夫人們說務必要請我來呢。」

「這樣啊……不過太好了能遇到認識的人。」

芽衣突然覺得肩膀放鬆了。看見那開朗的笑容，她才實際感受到自己本來有多出乎意料地僵硬。

「那個鏡花先生還好嗎？」

「嗯？說起來，最近沒有看見小鏡花呢，我是希望他可以把戲曲完工啦，不然會趕不上下次的公演呢……」

音二郎皺著眉頭雙手交臂，這麼看來那位「白雪」果然還是沒有回到戲曲當中吧。

芽衣感受到詭異的不安，沉默下來，於是音二郎把手搭在芽衣的肩膀上配合她的視線。

「喂，怎麼露出這種不開心的表情呢？好不容易打扮得那麼漂亮，這樣就可惜囉？像平常那樣再多笑笑吧！」

「……我也想這樣，但總是不順利。明明音二郎先生都教我化妝的方法了，我好像抓不太到用白粉的要領啊。」

「哈！妳在意那種事啊？」

音二郎用豪爽的笑容回應芽衣深切的煩惱。

「女人啊，真的會一直介懷這種不怎麼要緊的事情耶，這點實在很麻煩。我就明說了，男人不會在意這麼細微的事，放心吧！在宴會場合就更是如此了。」

對方說的話實在太直白了。雖說被過度吹毛求疵是很辛苦，不過他人沒有注意到自己難得的努力也很悲慘。

「可是之前川上先生不是說如果要以一流的女人為目標，連細節也不能夠疏忽嗎？」

「那是音奴說的，現在的我可是男人，不會像這樣一一碎嘴的……我只是很率直地稱讚美麗的事物很美麗而已。」

「？」

音二郎猛地把臉湊近，在這喧鬧之中兩人的距離近到可以聽見鼻息。芽衣被那直勾勾的視線給盯住，心跳劇烈反應。

「拿出自信來，今天晚上的妳比在場的任何人都還要美……」

「哦，這不是川上先生嗎？」

音二郎的臉瞬間被拉遠。

笑吟吟的鷗外抓住了音二郎的肩膀，一口氣把他往後拉，被出其不意對待的音二郎不自覺發出了「呃」的一聲。

「真的好久不見了呢，是在淺草的公演以來吧？和**身為川上音二郎的你見面。**」

「森先生……你還真是在超好的時機點前來礙事啊。」

音二郎扶起一抹緊繃的笑凝視著鷗外，對此鷗外一臉神色自若，阻擋在兩人之間。

「你找我的未婚妻有什麼事？」

「啊？」

「若是要邀請跳舞，能否請你晚點再來呢？身為她伴侶的我有優先跳舞的權利，你必須要去應付那些贊助者才對吧？」

鷗外視線瞥向的地方，站著許多身穿華麗禮服裙的女性們。看他意味深長地向音二郎使眼色，那些女性們就是所謂的「贊助者」嗎？

「……啊、就算你不說我也知道的，我啊，只是因為發現了優秀的女性才向她搭話，沒想到竟然是芽衣，就連我也嚇了一跳啊。」

「那你的眼光可真高呢，能夠被川上一座的招牌演員誇獎實在光榮至極。讓我向你道謝吧！」

「我可沒有在誇獎你。」

「不，我也應該要感謝你的。」

似乎想要打斷音二郎的話一般，鷗外滿面笑容斬釘截鐵地說。

「畢竟芽衣身上所穿的裙子是我選的啊。」

「……啥？」

「我為了芽衣指定了最高級的布料，精心挑選適合芽衣膚色的顏色，請裁縫店做的。哈哈哈！怎麼樣？不覺得很棒、很適合嗎？有進一步帶出芽衣的魅力吧？」

「你的眼光確實很不錯，不過完美駕馭的可是芽衣本人哦，輪不到你吹牛吧？」

「吹牛這話說得可真難聽，我只是覺得很驕傲而已，任誰被誇獎了心胸都會變得很寬闊呢。」

「不，所以就說我沒有在誇你了，我在誇獎芽衣！」

音二郎增強語氣，但似乎對鷗外完全沒有影響。從剛才開始兩人的對話看似有交集，其實根本是雞同鴨講更沒有插話的餘地。

「川上先生，你好像極為在意芽衣的事情，不過不需要擔心，畢竟有我在她旁邊呢，你就放心和那些女人們享受今晚的宴會吧。」

芽衣忽然感受到一絲絲的違和感，偷偷看了下鷗外的側臉。

他的語調一如往常地穩重，不過今天他的話似乎特別多，如果是以前他只會泰然自若地聽過就算了。

「哎呀，還真是一點都無法放下心啊，在上野時確實受到了你不少關照，但那是兩回事。我可不知道什麼未婚妻，我只覺得把中意的女人關起來很不妥，簡直就像籠中小鳥，甚至還小心翼翼地把對方最長的羽毛給拔了。」

「哦？被拔掉最長羽毛的小鳥嗎……這也可以說是被奪去了羽衣的天女呢，說法很多的。」

鷗外竊笑，抓住芽衣的手腕往自己的方向拉過去，手就這樣環在她的腰上轉進了舞廳的中央。

「那麼你就在那邊看著吧！我那可愛小鳥舞動的姿態。」

「……鷗外先……」

寬大的右手牽住了芽衣的左手。

等回過神來，鷗外和芽衣已經鑽進在享受跳舞的人們之中。當芽衣因為步調太快導致腳險些絆倒之際，鷗外就會迅速地撐住她並大大地轉一圈。

景色不斷地改變，轉瞬間音二郎也變得越來越遠。水晶燈所反射的光線粒子配合著三拍的華爾滋閃爍地反彈，融化在飄盪著醇香葡萄酒香氣的空氣中。

「哈哈！妳跳得很好呢，真不愧是有特訓過的。」

鷗外滿足地誇獎她，但她還是沒能習慣會讓雙腳發抖的高跟鞋，慘不忍睹，完全稱不上優雅。

「實在太優秀了，沒有其他女性比妳還更有指導的價值了，真想要像這樣一直跳下去啊。」

「我不能夠獨占鷗外先生的。」

芽衣用不熟悉的步伐努力地跳著舞步一面回答。鐵定有不少女性希望鷗外邀請自己跳舞，而那些評定芽衣的露骨視線彷彿就在這麼說著。

「那還真可惜。那麼這樣如何？就讓我來獨占妳吧？」

「咦？」

「只要我沒有放開這隻手，我就會永遠擔任妳的伴侶，而妳也永遠都在我的手中。」

鷗外如此提案，表情就像想出超棒惡作劇的孩子。

他是醉了嗎？還是單純在開玩笑呢？實在太難判斷，芽衣只是不知所云地歪頭。

「要是我霸占著這個位置，鷗外先生不就永遠也無法娶到真正的老婆了嗎？這樣可不行哦。」

「哦？不行嗎？我是無所謂啦。」

芽衣被那爽朗的笑容給牽引，也跟著格格笑了起來。

然而她的胸口隱隱作痛，為了不表現在臉上而抿起嘴唇。即便知道這只是俏皮話，她依舊心煩意亂，腳步也不一致了。

「我有時候會想啊，要是妳一直沒有恢復記憶會變怎麼樣呢？」

芽衣聽了一驚，抬起頭來。

「如果妳一直是個失去記憶、無依無靠的可憐小姑娘，會變怎麼樣呢？沒有其他地方可去的妳只能依靠我，請求我讓妳待在這裡……這才真的像翅膀被摘去的小鳥呢。」

那配合輕快華爾滋的低沉囁嚅聲，流進了芽衣的耳朵。

「我偶爾會做這樣的夢。我一方面希望妳能自由地展翅，卻也沉溺在想把妳給束縛在這裡的想法之中……或許大家會嘲笑這是個很愚蠢的夢想吧。」

「鷗外先生……」

明明只是個玩笑話，他瞳孔中散發出來的光卻恍惚地搖晃著令人費解。

倘若被這麼凝視著，芽衣會有所誤會的。她會做著美夢，心想或許自己對這個人而言是必要的存在。這才真的是愚蠢的夢想，畢竟總有一天她得把這個棲身之地還給別人。

還是說這只是某個晚上做的夢，在放開他的手的瞬間，芽衣就會回到現代呢？並非在鹿鳴館和未婚夫跳舞的自己，而是變回極為普通的女高中生。沒有怪物、不存在魂依，回歸和平日常的現代。

「──芽衣。」

她會聽見**那個聲音**，鐵定是在這種時候。

當內心躁動起來，彷彿是原本平靜的水面濺起波紋之時。當自己被喘不過氣的思想給囚禁感到膽怯之時。

「別哭了，笑一個吧，芽衣。」

從遠處呼喚自己的聲音，讓她使勁地豎起耳朵。

還差一點。還差一點，就能傳達到了。

那極為讓人懷念，溫柔的聲音。還差一點——

「各位看官，看過來看過來！本世紀最具規模的魔術秀要開始啦！」

突然間一名男性的聲音響徹整個樓層，全場響起的如雷歡呼聲也讓芽衣停住腳步。

人們的視線都集中在一名男人身上。那是名身穿華麗藍色和服的男人，上頭編織了銀色絲線，在看見他的瞬間，芽衣發出了「啊！」的一聲驚呼。

「今晚陪伴各位的，是大家熟悉的西洋魔術博士——松旭齋天一！還請各位仔細欣賞松旭齋天一所帶來的各種不可思議的魔術！」

（查理先生?!）

顏色淡薄的頭髮與左眼的單片眼鏡、嘻皮笑臉的淺笑。雖然和初次見面時的服裝不同，不過他鐵定就是把芽衣帶來明治時代的罪魁禍首。

「芽衣？妳知道他嗎？」

「別、別說是知道了，就是那個人把我……」

「果然女士打聽謠言的速度很快呢。說到松旭齋天一，他似乎是個神出鬼沒的天才魔術師，我最近也時常聽見這個名字，沒想到他會闖進這個宴會裡，我們能見到他還真是幸運啊。」

鷗外開心地斜眼看著形跡詭異的芽衣。不僅僅是鷗外，在場的氣氛也因為謎樣魔術師的登場而高漲起來。

（為什麼查理先生會在這種地方？）

芽衣呆若木雞，看著他相繼拿出萬國旗、花束、鴿子等，她完全無法理解這是什麼狀況，只想大叫說現在才不是悠哉表演把戲的場合吧？

對於訴求著「讓我回家」的芽衣，他曾這麼說過。

「不過我沒辦法現在馬上做到。就算我再怎麼身為絕世魔術師，要穿越時空也是個大工程，必須要有相當的準備和特定的條件，不然成功率是很低的呦。」

她還以為對方鐵定會偷偷摸摸地準備，看來是出乎她的預料了，芽衣握緊的拳頭中滿是湧上來的憤怒。

「來，接下來我要變出駱駝囉！是雙峰駱駝小蘿菈！如果我成功了請給我喝采！」

三、二、一！在查理彈指的同時，一隻巨大的駱駝出現了，親眼看見巨大異國生物的觀眾們全都給予魔術師百感交集的掌聲。

「哈哈哈！這可真厲害，技術如同傳聞一般啊！」

「真、真的呢……」

「不過駱駝這生物比我想像得還大呢，看起來很溫馴，但若是被牠的腳踩到感覺瞬間就會被踩扁。哎呀，再稍微靠近一點看看外觀……」

鷗外眼中閃爍著好奇心，向前踏出一步，就在此時。

嘎哦哦哦哦哦哦！一陣嘶啞的聲音震動了整個樓層，接著地板開始咚、咚地搖晃起來。

一看原來是駱駝的前腳踢了地板一下。其盛氣凌人，彷彿是一頭鬥牛在看著紅披風一樣抓狂起來。

「哎呀？小蘿菈，妳怎麼啦？」

在人們的喧鬧之中，查理安撫著發出低沉怒吼的駱駝，然而駱駝只是不斷噴氣，一點也沒有冷靜下來的跡象。正因為駱駝本來是給人印象很溫馴的生物，芽衣才會張大著嘴看著那頭發出低吼的生物，畢竟她不是鷗外。

「哎呀？該不會是突然把妳從撒哈拉沙漠叫來，害妳心情變得很差吧？哈哈！原來如此啊，那還真是抱歉了。總之我等等會給妳吃很多新鮮的牧草，現在就先看在我的面子上稍微冷靜一……」

可惜的是，對於查理的遊說駱駝並沒有傾聽到最後。

駱駝彎下了身，激動地用頭撞擊附近的椅子，被大力彈飛的椅子就這樣劇烈地撞到牆壁，椅腳的部分深陷進鋪了金色唐草紙的牆壁裡。

「呀啊啊啊啊啊！」

「駱、駱駝發狂了！快逃啊啊啊！」

混雜著悲鳴，原本奢華的舞廳瞬間發出此起彼落的悲慘尖叫聲，現在早就不是跳舞的時候，紳士淑女們全部一同擠向門口，取而代之警察們則大步踏了進來。

「壓制住那隻發狂的駱駝！」

「不，在那之前要抓住那個可疑的魔術師！」

警察們本想拔刀，卻無法反抗湧過來的人潮，雙方僵持不下，查理趁機翻了個身往連接陽臺的窗戶跑去。不久窗戶打開了，狂風飄忽地吹著窗簾，風雨也一口氣灌了進來。

「查、查理先生?!」

「嗯哼，乍看之下很溫馴，不過果然還是野生動物呢，實在很狂暴啊。哎呀，我聽說駱駝的駝峰裡都是脂肪，不曉得是真是假？機會難得，就來摸摸看觸感吧！」

「鷗外先生！不可以！太危險了！」

鷗外嘻皮笑臉，追著到處跑的駱駝，即便想要拚命阻止，人潮也不允許她這麼做，等回過神來芽衣已經被擠到風雨交加的陽臺。整個舞廳一團亂，也不是顧慮什麼化妝的場合了。芽衣原本打扮亮麗的頭髮散亂不堪，裙子也因為雨水而濕透，如夢一般美麗的短暫時光瞬間變成噩夢。

「這到底是什麼狀況……」

「沒錯，還真是慘到不行耶。」

「呀！」

對於呆站在陽臺上自言自語的芽衣，查理回應了。

他不知何時從和服換成燕尾服，也不在意強風，輕輕鬆鬆地坐在陽臺的欄杆上。接著他浮起那抹詭異的微笑，一臉無奈地聳聳肩。

「果然不能小看野生動物。之前也是啊，我從印度呼喚了一頭大象來，結果差點被踩扁呢！唉，那隻印度大象美美明明很可愛的。」

「……那麼我也是可以代替美美把你踩扁喔？」

芽衣咬牙切齒接近查理，聲音也因為湧上來的怒氣而顫抖。然而不知怎麼地，查理看了這樣的芽衣後臉上突然充滿光輝。

「妳、妳要踩我嗎？用妳的那隻腳？啊啊，太棒了……這真是最完美的獎勵了……！」

「?!」

「我風塵僕僕地來到鹿鳴館實在太有價值了！沒想到一隻駱駝就能讓我享受這樣的喜悅！來，我已經準備好了，隨時都可以來哦！我希望妳踩我踩到我的背脊骨折為止！用妳那隻像羚羊一般柔順的腳……！」

沒想到查理反而用恍惚的神情靠近芽衣，她像退潮似地向後倒退。

「別過來！要是再接近我，我要報警了！」

這個男人太危險了——她好幾度都這麼想過。在自稱魔術師的當下就已經很可疑了，再加上有著查理這個名字，現在甚至還有了新藝名「松旭齋天一」，都已經不知道何為真、何為假了。

「哎呀，妳為什麼要逃呢？只不過是因為妳說無論如何都想踩我，我才無可奈何把背借給妳的呀！」

「我才沒有那種興趣！再說請你不要說得好像是我想踩你一樣！」

「嗯？不是嗎？」

「才不是！」

芽衣拚命否認，結果查理說了聲「什麼嘛」，輕輕踢了一下地面。穿著華麗燕尾服的男子竟然像小孩子般鬧脾氣，芽衣對此當然一點也同情不起來，倒不如說她反而更生氣了。

「哎呀，這次的魔術是有點粗糙啦，不過別擔心，我會好好把那隻駱駝送回撒哈拉沙漠的，至於在牆壁上開的洞，我也會負責任用魔術修好的啦！」

「這是當然的吧！比起那個你在這裡做什麼？你不是在準備讓我回現代嗎？」

芽衣提高音調，查理則笑著點頭。

「嗯！我早就已經準備好囉。」

「……啥？」

魔術師張開雙手用更強烈的笑容仰面朝天。

在強風吹拂頭髮之下，查理陶醉地豎耳傾聽樹木的沙沙作響與打在窗戶上的雨水聲，彷彿下一秒就要開口唱歌似地。

「我說我早就已經準備好啦！接下來只要等待時刻來臨即可。在與妳來到這個時代時條件相同的滿月之夜……」

說著查理指向天空，那充滿著混濁烏雲的陰暗天空。

「今天天氣不好，看不見月亮，不過距離下次的滿月……沒錯，還有三天左右吧？」

——三天？

三天後就是滿月了。芽衣有條件可以離開這個時代回到現代，便是三天後。

日期比想像得還要迫在眉睫，芽衣因而語塞。正如文字所說，她的腦中一片空白，剩下的時間實在太少了。

（……太少？不是這樣的吧，能夠早點回去我應該很開心啊？）

芽衣搖頭重新整理思緒，能越早回到現代是最好的，她可以重拾記憶回到過去的生活，這是多麼美好啊。

然而她再怎麼樣都不覺得自己現在能夠愉悅地展露笑容。

芽衣呆站著沉默不語，查理則是從剛才開始就一直用笑容面對著她。強風從原本瓦斯燈光搖晃不已的庭院吹了過來，使裙襬隨風飄揚。

「對不起哦，讓妳一直這麼不安，不過妳只要再忍耐一下就好！再忍耐個三天妳就可以跟這個時代說再見了。」

「……」

「這裡沒有便利商店、沒有自動販賣機和電視，是個很不方便的時代。晚上的路很暗還有野狗到處閒晃，想必像妳這種現代的女高中生很難在這裡生活吧？」

芽衣點頭。

和現代相比，明治時代淨是不便，就連煮飯也不能只按一個開關就解決，得先從升爐灶的火開始。用來洗米的井水冰到會讓指尖感到疼痛，甚至在洗碗時也沒辦法打開水龍頭就會流出熱水來。

而最讓人困擾的是無法選擇洗髮乳和護髮乳。一切都只能靠一個肥皂來處理，對現代的女高中生來說才是最難以接受的。

「太好啦！可以離開這麼鬱悶的時代，妳應該覺得心情很舒暢吧？」

「……我也沒有特別鬱悶啦，這個時代也有這個時代的好。」

對查理的說法感到憤怒，使芽衣不自覺反駁。

「確實夜路很暗很可怕，但是在東京也可以看見很多星星！如果是現代就做不到吧？比起眼睛能看見的星星數量，二十四小時營業的店家還比較多！」

「嗯哼嗯哼。」

實在是個很含糊的回應。芽衣火大起來繼續說道。

「而且也不是說沒有時尚店面啊！銀座的紅磚街既復古又漂亮，神田也有一間名為 Milk Hall 的咖啡廳，之前去的帝國飯店也很優秀！還有日本橋的『IROHA』，那間牛鍋店賣的牛鍋根本絕品……」

芽衣竭盡所能地列出「明治時代的好處」。只要去尋找就會找出很多的，一開口就停不下來。

「……還有啊，雖然現在一起住的春草先生有點奇怪，不過他很擅長繪畫，就算有時候有雙重人格，卻出乎意料是個親切的好人啊！」

「哦哦。」

「鷗外先生對春草先生也有恩的，他只是表面上態度很冷淡，其實很仰慕鷗外先生。鷗外先生也確實認可春草先生的才能，確信他總有一天會受到世人的好評……」

（為什麼我要這麼拚命地解釋呢？）

本來明明在談論回現代的話題，不知不覺竟成了明治時代美好回憶的報告大會。其實查理只要適時制止她就好，然而他的眼神就像在守護孩子成長的父母一般傾聽著她說話。

「……這樣啊，能夠遇到好人真是太好了呢，芽衣。」

「你、你怎麼一副事不關己的樣子！我只是湊巧被鷗外先生撿到而已，要是走錯一步，或許我會被賣掉耶！查理先生還真的是毫無責任感！」

「哈哈！抱歉抱歉，不過結果是好的嘛。噢，對了，妳要好好向照顧妳的人打聲招呼哦。」

「招呼？」

「沒錯，別離的招呼。雖然只待了短短一陣子，畢竟也是受到各種照顧嘛。」

「……」

這種事情就算不說她也知道的。

她也打算好好地笑著道別。向春草、富美，還有——

「芽衣？妳在哪？」

混雜著風聲，芽衣聽見有人在呼喚自己的聲音。

她別過頭，發現鷗外站在敞開的玻璃窗對面。可能是因為陽臺太暗，他沒有注意到芽衣，看起來很擔心地到處張望。

（他在找我……）

芽衣突然想到，要是就這樣不告而別回到現代，會怎麼樣呢？

對方是個很會照顧他人又溫柔的人，鐵定會尋找芽衣的下落好一陣子。不過總有一天他會放棄，回歸原來的生活。

她沒有辦法確認自己離開後的事。然而這個想像卻成了小小的刺，確實給芽衣的胸口帶來了痛楚。

「三天後的晚上，我在日比谷公園等妳。在那之前妳得好好給出個回覆喔。」

「等……查理先生！」

「希望妳不要留下遺憾。要是錯過這次可沒有下次囉。」

查理的囁嚅殘留在耳邊，人便從陽臺消失了。

只有一瞬間，他就消失無蹤，唯有昏暗的夜晚在視野當中蔓延開來。

第五章　水邊的搖籃曲

諸神、諸佛所不知曉的事，縱使蒙受天罰，　之身啊，在早晨的陽光之下，
水中該有多麼令人雀躍。即便五體粉碎，　大卸八塊，讓戀人沾滿鮮血，
燃燒的靈魂　微小的螢火蟲之光，也會朝著劍之峰飛奔而去吧。

有句話說人各有所好，不過還真有喜歡吃文字的蟲子存在嗎？

泉鏡花看著被蟲子吃了大半的宣紙如此思忖著。雖說是蟲蛀，其實紙本身並沒有開了個洞，只是本應寫在宣紙上的文字脫落了，彷彿是排列錯誤的星座、斷了線的珍珠首飾般，過去曾是戲曲的華麗詞藻悽慘地散亂在紙上。

這是「化物神」所為。

白雪從寫到一半的《夜叉池》中逃走，到現在已經兩個月過去了。他頻繁地

前往白雪所棲息的不忍池向她說話、安撫她、祈求她，白雪卻依然沒有打算要回到戲曲當中，恐怕她覺得一直待在戲曲中也無法見到思念的人吧。沒想到那倔強的性格到最後竟然成了怨恨，身為作者的鏡花也沒料到。

（得趕快，要是再不趕快把她帶回來……）

鏡花嘆了口氣把《夜叉池》的原稿收進了桌子的抽屜裡。

這裡是尾崎紅葉的住宅，就在神樂坂附近。紅葉家經常會有好幾名門生住宿在此，從金澤前來東京的鏡花也是其中一人，日夜勤勉地修練文章。

分配給門生們的榻榻米房間裡現在只有鏡花一人，紅葉和眾人們一起去料亭用餐了。鏡花對於和藝伎玩樂怎麼樣都提不起興致，便以狀況不佳為由留守。

「要是白雪小姐一直像這樣沒有回到戲曲當中……」

他腦中不斷回想起在不忍池邂逅的綾月芽衣——和鏡花同樣為魂依的少女所言。

倘若再這樣下去，白雪總有一天會被妖邏課給封印，如此一來《夜叉池》便永遠也無法完成了。

鏡花想辦法壓抑住自己急切的心情，打算撰寫別人委託他寫的小說，在桌上攤開了新的宣紙。在執筆時他會先將用來供奉神明的酒灑在於文具房相馬屋所購買的宣紙上，並讓筆的尖頭染上一點香氣。在做完這樣的儀式後，他才會開始將文字寫在宣紙上。

喀啦喀啦，窗戶正搖動著。

從縫隙吹進來的風使行燈的火焰搖擺不定，鏡花的內心躁動起來，看了看他身旁的白色兔子。身為「付喪神」的這隻白色兔子，原本是從母親的遺物——一個兔子裝飾品所誕生的妖怪，不知為何從鏡花懂事開始便沒有離開過鏡花身邊，畢竟也沒什麼危害，他就這樣放著這隻兔子不管了。

「雨都不停啊。」

對於鏡花的囁嚅，白兔用著天真無邪的呵欠聲回應。

這場雨已經下了一個星期，搭建了飯田橋的神田川水位不斷增高，附近的居民們也開始感到不安。從明治維新以前神田川就時常爆發洪水，這點早已廣為人知，建造於各處的木橋被沖走也不是什麼稀奇的事。

再加上近年來發生的淀川大洪水讓人記憶猶新，烏雲密布的沉重天空令人們更加陷入陰鬱的氣氛當中。

……突然間他聞到了強烈的水氣味。

鏡花閉起眼睛，讓身體隨之蕩漾。

隨著水氣的味道，他不知從何處聽見了聲音。彷彿會被雨聲給消逝的微小聲音……

——人類的生命會如何，這我才不管！

——為了戀愛我連性命也不要了……姥姥，妳就忍耐點讓我走吧。

是幻聽嗎？還是喜歡惡作劇的妖怪所為？

然而這些如同水流一般流進鼓膜中的文詞，鐵定是泉鏡花所寫出來的句子沒錯，也就是在《夜叉池》中為戀愛發狂的白雪所說出的臺詞。

鏡花依舊閉緊大大的雙眼，拚命聆聽混雜著雨聲的聲音。

——沒錯，你們這些傢伙可真煩人啊。你們想要領會那些義理、仁義，活得長生，隨你們喜歡。

——我不會為了生命而捨棄戀愛。退下、退下。

聲音就像是來了又去的水波。

本以為已經接近了，沒想到又遠去，還以為聲音遠了，結果又回到近處來，就這樣不斷反覆，宛如迷路的孩子毫無線索地徬徨無助，不斷呼喚著母親。

（該不會……）

化物神只要離開作品的時間越長，就越會迷失回家的路。

該不會白雪已經迷失歸路了吧？鏡花心想。

縱使從戲曲中逃離，白雪所思念的人也不在現實世界當中。無處可去的她最後棲息在不忍池裡，她是否正逐漸忘卻戲曲才是她該回去的地方呢？

要控制遺忘應回去之地的化物神是極為困難的，當然就連作者也是。

「嗯？」
剎那間，白兔的耳朵動了一下。
他聽見有人咚咚咚地敲著玄關大門的聲音，聽起來非常粗魯，若是紅葉等人要回來，這時間還早了點。
「警視廳妖邏課！」
鏡花嚥了口氣，反射性地將白兔擁入懷中。
「泉鏡花，我們要求你出面！立刻準備！重複一次，泉鏡花——」

「真不知道能不能想想辦法呢，這個雨啊，都讓我無法洗衣服了，實在很困擾呀。」
富美一面用爐灶的火烤著濕掉的手帕，嘆著氣息發牢騷。
爐子的蓋子不斷搖晃著，散發出炊米的味道。芽衣重新用綁帶捲起和服的大袖子，一面回答「真的呢」，一面迅速地把碗盤擺在廚房的桌子上。

今天的晚餐是鹽煮鴨肉、水煮茄子以及使用信州味噌的白蘿蔔味噌湯。

畢竟是喜歡吃饅頭茶泡飯的鷗外，想必他鐵定很雜食吧！本來芽衣是這麼想的，沒想到他對食物相當挑剔。平常他會吃以蔬菜為主的清爽食物，像是燉煮鯖魚這種感覺很油的食物就幾乎不吃。

此外芽衣覺得他應該很不擅長喝牛奶。以前在聊到神田那邊開的咖啡廳 Milk Hall 時，一聽見是「可以喝牛奶的咖啡廳」，鷗外臉上就露出痛苦的表情。

（竟然有弱點，真讓人意外啊……）

她一直以為鷗外是個做什麼都很完美的人，除了擔任醫生以外，在文學方面也毫無保留地發揮才能，又精通語言，再加上外表亮眼，雙手雙腳的指頭都數不清他的優點。

然而在一起生活的過程中，她對於鷗外這名「偉人」的印象也逐漸改變了。

與其說是改變印象，或許應該說她對於鷗外這個人有了更深的理解。他絕對是個偉大的人，不過只要談過話，就會發現他比想像得還不拘小節，也有些許任性和孩子氣的一面。簡單來說，那些要稱他為普通青年也無妨的要素，確實存在於他這個人之中。

「富美小姐，我可以負責煮味噌湯嗎？」

「可以哦，他們兩人也差不多要回來了吧？啊，還請妳萬分留意別讓味噌湯沸騰囉。」

「當然，交給我吧！」

芽衣馬上為鍋子升火，用乾海參來熬湯汁。就連以前總是搞砸的爐灶，她現在也應付得很順手了，誤判火候導致味噌湯沸騰、水煮南瓜最後煮成炭這種事現在想來還真懷念。

（不過我也不會再像這樣使用爐灶了吧。）

無論變得多麼會升火、清楚了解要怎麼煮飯，兩天後這些也都會成為沒用的技能。如果芽衣選擇相信昨晚查理所說的話，只要一到滿月她就會回到現代。

芽衣從廚房後門的窗戶仰望天空。儘管想要確認月亮的圓缺，雨勢卻依舊沒有停歇，天空中覆蓋著厚重的烏雲。

看不到放晴徵兆的討厭天氣。

倘若神田川引發大洪水，這一帶也無法倖免吧。假使只是家裡浸水的程度那還其次，一想到富美、春草和鷗外或許也會遭遇危險，她就無法悠哉地想著要回到現代。

（……我真的要這樣回去嗎？）

這一切就像在告訴她寄宿於鷗外家的期限已到，芽衣無法否認自己對離開這個時代有留念。

倒不如說她還沒有實感。已經無法再見到鷗外的現實並沒有壓迫著她。

「哎呀，是回來了嗎？」

芽衣聽見車輪滾動的聲音，停下正在調理的手，急忙前往玄關。在撐著油紙傘打開大門，小跑步前往門口後，對方正好從人力車上下來。

然而那人既不是鷗外也並非春草，是名穿著藤紫色振袖的美麗女性，像一朵盛開的繡球花一般華麗地奪人目光。

「音二郎……先生？」

「哦，芽衣！妳來得正好！」

那名女性是打扮成藝伎的音二郎。他一看見芽衣表情就變得有些僵硬，並朝著她跑來。

「是說，我正在找小鏡花，他有沒有來妳這裡？」

「不，他沒有來呢……」

芽衣一面把傘遞給音二郎，搖搖頭，今天只有熟悉的捕吏來造訪過鷗外宅邸。

「鏡花先生怎麼了嗎？也不在住宿處？」

「是啊。而且啊，今天紅葉老師有帶門徒們來料亭，小鏡花平常都會在的，今天好像因為身體狀況不好而在家留守，然後在宴會正高潮的時候警察那些傢伙們就來了。」

「警察？」

音二郎說妖邏課的警察們是來找鏡花的。

其住宿處空無一人，即便找過了整個神樂坂也沒看見他的蹤跡。

「妖邏課會出動，就代表小鏡花是『魂依』的事情露餡了，不然他們就是以小鏡花所寫的戲曲為目標，那些人似乎本來就懷疑棲息在不忍池中的怪物是小鏡花創造的『化物神』。」
「可是鏡花先生曾經被釋放過啊？為什麼事到如今又……」
「我也不是很清楚，可能是因為這場雨下得太久了吧。每當河水暴漲就會有人大聲嚷嚷說是龍神作崇、是怪物發狂呢。」
音二郎抬頭仰望下著雨的天空，嘆了一口氣。
「畢竟妖邏課的方針是『有嫌疑就懲罰』。只要有怪物引發大洪水的謠言，他們就無法靜觀其變吧！我是覺得他們從有明顯嫌疑的部分開始殲滅也理所當然啦……」
從有明顯嫌疑的部分開始殲滅。
也就是說妖邏課打算要封印白雪——芽衣領悟到。
封印這話說起來好聽，其實就是「抹殺」，斬殺妖怪便是妖邏課的職責。
（……明明沒有證據說是妖怪所為啊？只因為可疑就要封印？）
「喂，妳還好吧？」
芽衣感受到胸口有股被深掘的痛楚，彎下了身體。焦躁感從腳邊開始湧了上來，她的心悸變得越發激烈，從遠處聽見的耳鳴逐漸掩蓋了雨聲。

「芽衣，妳怎麼了？喂！」

如果那首戲曲被交到妖邏課手上，《夜叉池》就會和白雪一樣在未完成的狀況下被消滅。本來應該要流傳後世的作品，最終會在這個時代默默地不見天日。

「我……也去找鏡花先生。我想鏡花先生鐵定帶著戲曲《夜叉池》……」

「說是這麼說，妳打算去哪裡找？警察都在不忍池周圍巡邏吧。」

確實如此，警察不可能沒想過鏡花去不忍池的可能性。

不過鏡花一定在不忍池附近，他應該就在自己創造出來的白雪身旁——芽衣心想。同樣身為「魂依」她就是這麼想的。

音二郎說要去鏡花常常關照的店家詢問看看，便再度搭上人力車回到神樂坂。

芽衣也向富美表示突然有急事，搭上了路過的人力車，她的目的地是上野公園。她擅自揣測對方應該會在不忍池的周遭，結果真到了上野公園後她便摸不著頭緒，不知道要從何找起才好。

她試著前往不忍池，卻發現在雨下不停的池子周圍有好幾個像螢火蟲般的燈光在搖晃著，是警察晚上巡邏時所用的油燈。芽衣慌張地轉身跑在泥濘的路上，往暗處退去，隱藏自己的蹤影。

（也是啦……他不可能在這種地方閒晃的。）

袴的下襬全都濕透，使她的腳步變得更加沉重，就連平常白天會因為造訪上野動物園的人群而氣氛喧鬧起來的這一帶，現在也因為天候不佳而沒有人煙，飄盪一股就算怪物什麼時候出現都不奇怪的陰鬱氣氛。

——沙沙。

「哇！」

芽衣掩住鼻息走到一半，路邊的草皮影子突然動了一下，她太過驚訝大喊出聲。

搖晃著草皮陰影的是一隻白色的動物。是貓嗎？不，以貓來說耳朵太長了，但要說是兔子身材又太圓，簡直像玩偶一樣……

「嗯？你是鏡花先生的……」

那隻生物偶然露出了長耳朵，原來是鏡花總帶在身上的白兔。

在陰暗中那純白的身體好似在微微發光，彷彿希望他人找到自己一般，耳朵也不斷擺動。

（果然鏡花先生在這附近！）

簡直就像從雲間透出來的希望之光。然而芽衣一靠近，白色兔子便翻了個身，大步跳著，如同一隻逃離的兔子般跑掉了。

「啊，等等！」

芽衣提起袴的下襬。她可不能在此跟丟，即便被泥濘絆腳，她依舊大步地追在白色兔子後面。白色兔子通過大路，進一步往南，左左右右地在狹窄的小路上跑著。芽衣那像是惡魔般披頭散髮在後面追的樣子，從旁人看來或許就跟怪物沒什麼兩樣吧。

保持了一小段距離的追逐，不久後便在一個大鳥居前劃下句點。

（這裡是……）

白兔子穿過的鳥居對面，有一座鞍狀屋頂的雄偉神社駐立在那兒。

這裡是湯島神社。此為在東京府內相當知名且歷史淵遠的神社，在現代則通稱為「湯島天神」。

（鏡花先生在這裡嗎？）

芽衣握緊傘柄，屏息走入境內，這個時間點當然沒有人來參拜，只有嚴肅的陰暗籠罩在參道上。比起身體被雨淋濕所感受到的寒冷，芽衣更害怕在這感覺就要被吸進黑暗中的狀況，她忽然感受到視線，緩緩往右方看去。

「咿……！」

是牛。有牛在這裡。

嚴格來說是牛的石像。在雨中散發出黑色光輝的物體，正用炯炯有神的目光注視著芽衣，她不曉得為什麼神社裡會有牛的石像，好一陣子無法動彈。

「這不是狛犬……是狛牛……？」

「啥？狛牛是什麼鬼啊！」

「呀!!」

有人回應芽衣的自言自語。她驚訝到以為心臟要跳出來了，別過頭，在應該是寶物殿的建築物陰影下，走出一名穿著白色和服的人。

一臉驚訝地看著她的青年正是泉鏡花。

「鏡花先生！」

「那才不是狛牛[3]，是撫牛[4]好嗎……真是的，還想說怎麼突然不見了，為什麼要把這女人帶來啊……別做這種多餘的事情啦，受不了耶！」

鏡花抬頭看著寶物殿的屋頂，毫不掩飾地嘆了口氣，不知何時站到屋頂上的白色兔子則一臉從容地抬起前肢，悠哉地搔著耳朵。

「太好了……我一直在找鏡花先生呢。不過為什麼你會在這裡呢？」

「竟、竟然還問為什麼，我只是偶然到這附近來，想說參拜一下而已啦！結果那隻兔子突然就不見了，不知道為什麼還把妳帶來……」

拚命尋找著詞彙的鏡花視線飄忽不定，不久他猛力抬起頭。

「唉，我想啊，這孩子是看到了那隻牛才回想起妳的事情吧！鐵定是因為這樣才把妳帶來的，畢竟我也是第一個就想到妳的事嘛！」

「好、好過分！為什麼會想到我啊？完全不像好不好！」

「不是像不像的問題，是妳的胃袋本來就……是說，別那麼大聲啦……」

明明剛才先大聲起來的是鏡花，他卻置之不理用力抓住芽衣的手腕，把她拉到寶物殿的後方，接著他巡視了周遭後緊緊盯著她。

「總之我等等想要悠閒參拜，妳別來打擾我，可以請妳趕快回去嗎？」

「這可不行，剛才我從音二郎先生那裡聽說了，警察正在找鏡花先生。」

「……」

「音二郎先生說，警察的目的搞不好是戲曲《夜叉池》。鏡花先生，你把戲曲帶離了住宿處並逃到這裡來了對吧？」

芽衣大概是說對了，鏡花垂下睫毛沉默不語。從剛才開始鏡花便一直環抱著自己，恐怕戲曲就藏在他的懷中。

鏡花靠在柱子上仰望著深灰色的天空，平常總是很剛強的側臉上帶著遲疑的表情，像是被追趕到死胡同裡的小貓，憂心地站在那兒。

「……正如妳所說，警察來到了我的住處。我想他們一定是要找戲曲麻

3. 會放置在日本的神社、佛寺前等，可以驅邪除魔與鎮守聖域。
4. 同樣會放置於神社裡，傳說摸了就可以治好自己的疾病。

煩……等我回過神來，我已經從窗戶逃走了。我怎麼樣是無所謂，但唯有這部戲曲我一定要保護。」

他悶悶地說，低頭看了看芽衣。

「妳覺得我很任性妄為吧？搞不好這次雨一直下不停正是白雪所為，或許再這樣繼續下去，就會如《夜叉池》的故事大綱一樣引發大洪水。儘管如此我……卻怎麼樣都無法放棄這部作品……」

「鏡花先生……」

他的聲音細小到似乎要被雨聲給蓋過去，手指也深深插進了自己的手腕當中。

芽衣心想，鏡花鐵定正面對著強烈的糾結。夾在自己創造出來的怪物可能會帶來巨大災害的可能性，以及對作品那無法控制的執著之間，他的心情萬分悲痛。

也許這個行為應該被責備為自私沒錯，然而芽衣無法責難鏡花。同樣身為魂依，以及身為後世知曉這名作家的人，她要怎麼去苛責這位被罪惡感折磨的人呢？

「我……不覺得這是白雪小姐做的，大家只是擅自把錯怪在怪物身上，我不認為白雪小姐想破壞這個城鎮。」

芽衣自己也覺得她說的話很不負責任。

但是白雪是鏡花創造出來的化物神，會像這樣一個人煩惱不已，這種人不可能會創造出想要踰矩去造成傷害的怪物。

「無論如何我都不覺得怪物是壞的。雖然我不知道要怎麼向大家證明……不過至少身為『魂依』，我想我們必須去相信妖怪。」

「……」

「就算把這部戲曲交給警察，事態也一定不會改變的，所以我們一起想想辦法吧！不失去白雪小姐也不失去《夜叉池》的方法。」

在如此訴求之後，鏡花原本無助、搖擺不定的眼神便和芽衣直直對上，他的目光已經恢復為過往的堅毅。

「妳說方法，譬如？」

「呃、這個……」

「如果持續乾旱，只要跳祈雨舞就好了，我可沒有聽過狀況反過來的方法。

妳知道嗎？」

誰知道呢？芽衣歪頭，頂多就是把晴天娃娃掛在窗戶上吧？

「什麼啊，我還想說妳鐵定會表演能夠驅散烏雲的祕密之舞給我看呢。」

「……不好意思。」

「哈！算了啦，我本來就對妳沒什麼期待。」

鏡花聳聳肩，原本僵硬逞強的表情，現在看起來稍微和緩了一點。

「吶，抱歉啊，這個暫且幫我保管一下吧。」

說著鏡花從懷中取出了一疊宣紙。

其封面散發出像香水般香氣濃厚的味道，縱使不看標題，芽衣也知道那是《夜叉池》的原稿。

「要是我帶在身上，被警察抓到時就會被沒收了。我是希望在事情變成那樣之前能讓白雪回到戲曲當中啦……不過以防萬一，還是妳拿著吧。」

「把這麼重要的東西交給我沒問題嗎？」

芽衣低頭看著用流利文字寫著《夜叉池》的封面問道。這捆像是薄冰般虛幻透明的宣紙，似乎脆弱到會因為手的溫度而立刻融化。

然而她確實感受到其中所蘊含的滿溢熱情，正因如此她才不勝惶恐。

「要是我沒能保護好這部戲曲呢？我可能會被警察威脅，然後就爽快地交出去哦？」

「就算是那樣也沒關係，我也沒有想過要讓妳當我的共犯。只是倘若是妳……倘若是妳的判斷，無論到最後這部戲曲變成怎麼樣，我都能夠接受的吧……」

「鏡花先生……」

芽衣把戲曲抱在胸前，抬起了頭。

鏡花相信著自己。他將這首戲曲得以保留到未來的一線生機託付給了芽衣，給同樣是魂依，且竟然是來自未來的芽衣。

或許現在自己身在此地是有著某種意義的吧？芽衣心想。

身為現代人的自己存在於此。要是這並非偶然，而是必然的話——

（……不，怎樣都好。）

現在她想要追隨鏡花的心情。

她不希望只當個旁觀者，冷眼觀望事情的始末，而是身為活在這個時代的人給予回應。芽衣如此想著。

即便到了深夜，警察們依舊在被雨籠罩的不忍池周圍嚴密巡視。

芽衣和鏡花躲在茂密的草蔭底下，用蓮葉來代替傘，屏氣凝神。兩人雖然從湯島神社回到了這裡，卻仍然沒有機會接近池子，完全束手無策。恐怕警察們到黎明之前都不會放鬆警戒吧？兩人無計可施，就這樣緩慢地度過毫無作為的時光。

「妳差不多該回去了吧？」

率先開口的是鏡花。

「妳也沒有必要勉強自己陪我啊，這雨感覺也不會停，要是感冒了怎麼辦？」

「你在擔心我嗎？」

這實在太難得了，芽衣因而驚訝地詢問，於是鏡花尖銳地發出了「啥啊？」的一聲。

「我、我幹嘛要擔心妳啊，我只是在想，要是妳感冒了怪到我身上會很麻煩！妳別誤會了！」

「噓！安靜點！」

芽衣一面確認周遭，慌張地用手按住鏡花的嘴。幸運的是雨聲蓋過了鏡花的聲音，不過還是不能大意。

「就算鏡花先生不擔心我，我也會擔心你的，我沒辦法一個人回去。」

「……話是這麼說沒錯啦，不過我是男人，露宿街頭也無妨，妳可不行啊？再說森先生也在等妳。」

「……」

一聽見這名字她立刻湧現罪惡感，這時間鷗外應該早就已經到家了。

不僅僅是半夜外出，要是他知道芽衣又插手了怪物相關的事件，會怎麼想呢？

（到頭來我還是沒能擔任好代理未婚妻啊……）

也沒有報恩到，淨是添麻煩，實在讓人很沮喪。

縱使如此，芽衣仍舊覺得至今為止的每一天都是亮眼奪目的。

特別是在鹿鳴館度過的那個夜晚，彷彿在做夢。身穿豪華的絹織裙，坐上馬車被兩匹馬給拉著的那股激昂、在微暗中閃耀的白牆宅邸、在燈光閃爍的水晶燈下，將一切交給鷗外，跳著輕快的華爾滋……

然而這短暫的回想，隨著突然從背後靠近的聲音中斷了。

「喂，誰在那裡？」

「！」

芽衣與鏡花的肩膀同時跳了起來。

（被發現了?!）

在心臟彷彿要被捏碎的焦躁感之中，油燈的光線緩緩地從後方接近，那高壓的聲音與腳步聲，就算不用回頭也知道是警察。

（怎麼辦？再這樣下去，鏡花先生會被逮捕……）

她不能在此把鏡花交給警察，如果演變成要去拘留所的地步，奪回白雪的機會就更渺茫了。

只是芽衣現在也只想得出一個迴避此狀況的方法。她再度確認有好好把戲曲抱在懷中後對鏡花低語。

「我去引開警察的目光，鏡花先生就趁機逃走吧！」

「……啥?!妳在說什麼啊！」

「沒事的，我會想辦法應付。」

她其實完全沒有這個自信，但是最重要的是別讓鏡花被發現。只要能夠稍微引開警察的注意就行了，芽衣幹勁滿滿地站了起來。

「等、等等啊！我說妳……」

芽衣背向小聲留住她的鏡花，自己跑向正接近他們的警察，並裝出一臉無辜的模樣好像在找些什麼東西似地。

「……女人嗎？妳在那裡幹什麼！」

「不、不好意思！那個……」

油燈的光太過耀眼，芽衣因而瞇起眼睛，縱使雙腳癱軟依舊用堅毅的聲音說道。

「那個請問你們有在這附近看見兔子嗎？我在散步的途中被牠給逃了，是隻有著白毛的可愛兔子。」

「妳說……兔子？」

年輕警察拉起帽簷，用可疑的眼神瞪著芽衣。

她不經思考就蹦出了「兔子」這個詞，不過應該沒有特別不自然才對，畢竟明治時代流行養兔子，就算現在流行稍微褪了，像愛貓愛狗那樣喜愛兔子的人也不少。

「我可沒看見那種東西，妳會妨礙警察巡邏的，快點離開。」

「這、這樣我很困擾！那是隻我非常疼愛的兔子，在找到之前我不能回去！」

「我就說了不在這裡，再說這麼暗也找不到吧！」

對方有些驚訝地給予忠告。可能因為對方是新來的警察，還帶了點稚嫩感，他看起來並沒有懷疑芽衣所說的話，而幸運的是他似乎也沒有發現鏡花。

（趁現在快離開，鏡花先生。）

芽衣在心中默念並佯裝什麼都不知道似地環顧四周。

「到底去了哪裡呢？不好意思，你能不能幫我一起找？」

「什……妳把警察當成什麼了啊，我才沒有這種閒工夫！」

「好過分！幫助有困難的人就是警察的工作吧？」

「真是個吵鬧的女人，妳打算反抗官憲嗎？」

警察焦躁地把手上的油燈湊近芽衣的臉。看來她是成功引起對方的注意了，不過接下來該怎麼辦呢？

兩人反覆進行著沒有結果的爭辯，突然間芽衣發現有另一個油燈的光線正逐漸接近。在映照出油燈主人的瞬間，芽衣大大地嚥了口氣。

「──綾月芽衣，果然是妳啊。」

「……！」

一步，又一步，藤田五郎踩著草皮走了過來。

在黑暗中冰冷閃爍的雙眼毫不客氣地刺穿芽衣，原本就已經帶有寒意的氣溫似乎又再下降了。

芽衣被那個視線給震懾住，她光是不別開目光就已經筋疲力盡。不久藤田停住腳步，簡短對年輕警察說了句「繼續巡邏」後，再度把視線拋向芽衣。

「竟然在這種大半夜散步，看來妳還真喜歡這座池子呢。」

「不……我只是在找兔子而已。」

「哦？兔子啊？我還以為妳鐵定在找龍呢。」

芽衣嚇了一跳，不過還是努力裝腔作勢，反正不管怎樣藤田都不會相信芽衣的辯解，她也只能裝無辜到底了。

「泉鏡花在哪裡？」

藤田單刀直入。

那語氣似乎從一開始就斷定芽衣跟鏡花有所牽扯。

「倘若是妳在幫助他逃跑，那也只是無謂的掙扎，快把他交給我，等事情解決後我馬上就會放了他。」

「……事情是指什麼？鏡花先生什麼也沒做，也不需要受到警察的關照。」

「我換個說法吧。比起泉鏡花本人，我們要處理的是他所寫的戲曲，只要得到那戲曲就沒有打算再盤問他了……不過那也是在我方判斷泉本人沒有意圖搗亂秩序之後的事。」

像這種事……芽衣話說到一半。這種事完全可以依照警察的判斷來決定要怎麼處理。像這個惡劣的天氣，警察不也打算在沒有任何證據的情況下斷定是鏡花和化物神所為嗎？

「藤田先生……憎恨怪物嗎？」

這是個自然而然脫口而出的疑問。

她知道這個問題很離題。藤田的職責就是取締怪物，然而芽衣不由得感受到他的言行舉止對怪物有著滿滿的惡意。

「藤田先生並不是『魂依』吧？明明應該看不見怪物，為什麼會如此厭惡呢？」

「……呵，即便不是『魂依』，也有可以『看見』怪物的方法。」

藤田輕蔑地說，微微把劍從劍鞘中拔出來，閃爍著冰冷光線的銀刃，在油燈的照射下豔麗地反射。

「這把軍刀既是我的『眼』也是我的『手』……刀身會映照出非人之物的影像，也能斬殺其朦朧的身影，至今為止我已經用這把刀葬送了好幾隻化物神。」

「咦……？」

芽衣低頭看了看那光輝帶有濕氣的刀刃。

藤田說這把刀身會映照出非人之物的影像，也能斬殺其身。這實在令人難以相信，然而另一方面一旦稍微放鬆警惕，芽衣便會立刻感受到一股彷彿要被魅惑的妖氣，縱使知道會皮開肉綻，還是想要去觸摸那好似結凍一般的微弱光輝。

「那麼我反過來問妳，妳為什麼要偏袒妖怪？那條龍應該和妳沒有任何關係才對，明明是這樣，為何要做出包庇她免於被我斬殺的行為？」

藤田用認真的表情向前踏出一步。

「我不懂妳的用意。如果真當成森陸軍一等軍醫所胡言亂語的那樣，事情反而還好辦，但是我問了周遭的人們，發現妳似乎沒有和任何組織往來。話雖如此，妳也不像和妖怪一起圖謀不軌的人，看起來就和普通的小姑娘沒什麼兩樣。」

藤田在此停住，搖搖頭。油燈的火焰映照在那不解的瞳孔之中，不安地搖晃著。

「說到底，我本來就不打算把妳認定是無害的人之後便置之不理。我的直覺告訴我妳不是個普通的小姑娘，不過如果妳想要證明自己是個無害的『魂依』——」

他將原本緊握軍刀刀柄的手，伸向了芽衣。

「來到我身邊吧！我會讓妳有用武之地的。」

其修長的手指直伸到她的眼前，彷彿在催促著要她握住那隻手。

「藤田先生……」

「我不知道森鷗外那男人有多認真，打算包庇妳到何種程度，不過我們妖邏課會無條件接受妳的。倘若妳在尋找自己的去處，就和我一起來吧。」

這並非恫嚇也不是個交易。明明聲音依舊冰冷，他的眼神卻像在引導迷途的孩子真摯且困惑，讓她甚至忘了眨眼。

（……我的去處？）

去處的話她是有的。滿月就快要升空，她回家的路應該也即將被照亮才對。

然而藤田向她指出了另外一個方向，彷彿在告知縱使抬頭也看不見月亮，止步不前的芽衣其實回家的路不只一條。

「我不會讓身為『魂依』的妳吃虧的，我馬上就會讓妳成為不可或缺的存在。」

（不可或缺……？這份力量嗎？）

藤田打算抓住芽衣困惑的手腕。

只是這動作卻被突然從後面照射過來的油燈燈光給打斷。藤田馬上瞇起眼，落落大方的腳步聲沙、沙地逐漸靠近。

帶有甜甜香菸的味道。

接著她在雨聲之中聽見輕輕的竊笑聲——

「哈哈！這話聽起來簡直就像是在求愛啊，藤田警部補。」

「……？」

沉穩的聲音猛力地揪住了芽衣的胸口深處。

在密雨之中悄悄現身的人正是鷗外。

他浮起優柔的微笑，揮去藤田本來打算抓住芽衣手腕的手。接著他順勢把手放在芽衣的肩膀上將其拉到自己背後。

「鷗外先生……」

身穿白色軍服的穩重背影。在微暗中逐漸顯現的身影，宛如海邊的燈塔散發出可靠的光芒。

「還真勞煩你親自過來了啊，森陸軍一等軍醫大人。」

「我的家人太晚還沒回家，所以我才來找找看有沒有什麼線索……不過啊，藤田警部補，如果你想要追求她，首先得向我申請決鬥才合乎情理哦？」

「追求？你在說什麼蠢話！」

藤田蹙著眉駁回。

「不過正如你所說，我好像真的搞錯了順序，要贖走這個小姑娘，得先獲得監護者的許可呢。」

「我可不是監護者，而是她的未婚夫。」

鷗外浮起一抹淺笑修正。

「此外我也是陸軍軍人。倘若你想得到她，我就當你的對手吧！雖然對身為知名劍豪的你來說，可能會覺得提不起勁就是了。」

藤田揚起單邊眉毛手握刀柄。他該不會打算拔刀吧？芽衣反射性地握住鷗外的手腕，冰冷的兩人對峙讓她越發不安起來。

「就算提不起勁也無所謂，畢竟我對醫生的劍術很有興趣啊。」

「別、別這樣！斬殺人類並不是藤田先生的工作吧？」

「有必要的話，無論是誰我都會砍的……只是呢，我已經很久沒有斬殺活人了，還請原諒我會不小心失手啊。」

「哈哈！那可真巧。」

鷗外看了看焦躁的芽衣出聲大笑。

「我的專攻並非臨床醫學，幾乎沒有開刀的經驗，頂多也只是正確掌握要害的位置罷了。正中、尺骨、橈骨……光是上半身的臂神經叢就有各式各樣的種類呢。」

鷗外一面指著脖子一帶，流暢地解說神經部位——看起來好像是在期望對方說明想要被砍哪裡。

他們只是在說著惡質的玩笑。芽衣如此希望。

然而不只藤田，就連鷗外也把手放在掛於腰上的細長軍刀上。與他柔和的微笑相反，芽衣知道他的背後散發著緊張感，他並非以一介醫生或文人的身分，而是身為一名軍人站在那裡。

「——小姑娘，妳退下。」

「……！住手……」

藤田深深吸了一口氣，踩在濕潤的地面上。

他緩緩握著刀柄抽出刀身。在黑暗中散發出藍白色光輝的刀刃，彷彿被冷豔的火焰給包圍。

或許是因為那光輝讓人感到頭昏眼花吧，芽衣突然感受到一股晃動。

不久水的觸感逐漸侵襲了她的腳踝，這是似曾相識的感覺。芽衣將視線往下看，不知什麼時候她的腳踝已經完全浸在水中，袴也變得沉重起來。

（什……麼……？）

水的味道，從鼻腔一點一滴竄進體內。

不只是芽衣，鷗外和藤田也同樣感受到了異樣。

定睛凝神握著軍刀的藤田將視線望向鷗外背後的廣大池子，而並非看著鷗外本人。夾帶著水粒子的強風吹來，鷗外馬上擋在芽衣前面保護她。

「芽衣，快退下，池水正在增加！」

「鷗外先生！」

她聽見了人們的喧鬧聲。配置在池子周圍巡邏的警察們整隻腳被困在水中動彈不得。

「看來我們要等下次的機會才能決鬥了。再這樣下去可能會引起大洪水，你現在馬上離開到安全的場所避難去！」

鷗外說著，就在此時周圍響起了咿啊啊啊啊！一陣沒有聽過的嘶吼，就像是野獸威嚇時的尖銳鳴叫聲。

「剛、剛才的叫聲是怎麼回事？」

「叫聲？」

鷗外微微歪頭，蹙眉。看他這模樣，芽衣倒抽一口氣。

（原來鷗外先生聽不見啊……！）

那鳴叫彷彿要撕裂鼓膜，鷗外卻完全沒有摀住耳朵。假使如此，那聲鳴叫就是——

「快包圍住怪物！」

藤田大吼。

散發出藍白色火焰的刀身上，映照出在黑暗中到處反射的銀色光線——那是鱗片。那條龍猶如蓄積了月光般全身長滿閃閃發亮的鱗片，現在正以彷彿要把天空給吞噬的氣勢，從不忍池中竄了出來。

睡吧睡吧，快睡吧

守護著你沉睡的人　到哪裡去了呢　原來是越過了山　回故鄉去了

展現身姿的白雪鳴叫聲、拍打過來的水波聲，以及像在調停這些不和諧的歌聲。

如果不仔細豎耳傾聽，那音量是聽不見的，然而其旋律確實傳進了芽衣的鼓膜。是鏡花曾在不忍池邊唱過的搖籃曲。

腳邊的水位不斷增加，芽衣在黑暗中聚精會神地尋找鏡花的身影。他正在呼喚白雪，希望藉由歌聲指示白雪回家的路——芽衣心想。

「現在立即禁止府民進入！馬上引導大家！」

「貼出避難公告！」

可惜的是滿布在天空中的雲只是一個勁兒地變得更加厚重，白雪的咆哮別說是冷靜下來了，反而更加激動。白雪吐出霧，扭動著散發藍光的身體，捲起大大的波浪。藤田所率領的警察被那波浪給絆住，一直無法縮短和池畔之間的距離。

在風雨交加的模糊視野中，有個人不顧白雪的威嚇打算踏進池子。

芽衣定睛一看，手上空無一物、毫無防備的鏡花正在水波中前進著，宛如母親在面對自己迷路的孩子般，將雙手伸向白雪。

那很明顯是個有勇無謀的行為。現在白雪已經忘我到聽不見鏡花的歌聲，身為活人的鏡花想要捨命阻止白雪，但那副軀體實在太過纖細又脆弱。

「芽衣，快點到這邊！」

「鷗外先……」

鷗外拉著芽衣的手腕，打算讓她遠離池子邊，就連看不見白雪的他也察覺到這裡很危險吧。

腳步很沉重，只是不忍池、白雪、鏡花確實正在遠離她的視線。芽衣幾度回首，這股讓她放不下心的想法究竟為何？明明應該盡早和鷗外確保自身安全，她卻受到把迷途孩子放置不管的罪惡感所苛責。

（這樣真的好嗎？）

離開這裡祈求鏡花平安無事。這樣真的就好了嗎？

她並不是為了當個旁觀者在遠處觀望才來的。她和鏡花都是魂依，她覺得自己應該能夠做到些什麼才對，現在自己會在這裡是有意義的……

——不過啊，既然機會難得，妳不覺得多加享受點會比較好嗎？

——或許，妳來這個時代是有意義的哦。

是什麼時候的事情了呢？對於訴諸著想要回現代的芽衣，魔術師一臉若無其事地這麼說。

這番事不關己的言論實在太不負責任了。要如何去享受這種狀況？然而回顧至今為止的生活，絕不能說淨是痛苦的事，開心、苦悶、珍惜，這些心情也全都存在於這個時代。

因此芽衣停住了腳步。

接著她抱持下定決心的意志回頭望向不忍池。

「芽衣？」

對於突然停下腳步的芽衣，鷗外用一臉奇怪的表情看著她。當芽衣想要離開，他便加重握住芽衣手腕的力道制止她。

「等等，妳要去哪裡？」

「鷗外先生，我有個請求，你能夠稍微保管一下這個嗎？」

芽衣從懷中取出一疊宣紙交給他。

「這是鏡花先生寫的戲曲，要是我拿著可能會泡到水，我希望鷗外先生能夠把這個帶到安全的地方。」

「什麼意思？」

「只要保管到鏡花先生回來就好。如果放在鷗外先生那裡，鏡花先生鐵定也會放心的。」

假使要把鏡花寄放在這裡的戲曲委託給他人，那人選就只有鷗外了。畢竟是相信言語所擁有的力量，用言語來編織故事的他。

「不過要是真有萬一，到時候就依照鷗外先生的判斷……並非作家，而是身為軍人的判斷，把這部戲曲處理掉吧。」

芽衣心想，鏡花一定也會接受這個判斷的。

然而鷗外只是蹙緊眉頭，並搖搖頭。

「我不知道妳在想什麼，但我可不會讓妳去任何地方的。」

「我鐵定馬上就會回來的，我絕對會回來。」

「不行，我不允許妳離開我身邊。」

鷗外強硬地抱住芽衣使她語塞。

包覆在背後的寬大手掌，以及讓人止息的強大力量。這些不像鷗外會有的性急舉動使芽衣的心劇烈動搖，同時她也深切感受到一直以來自己有多麼被重視。

平時總是很溫柔的鷗外，竟然如此強硬地挽留自己。在被他環抱的短暫時光，芽衣重新面對了深植於心中的情感。

（我……喜歡鷗外先生。）

能夠被溫柔對待、被他關心實在很高興。光是聽著他的聲音、待在他身旁，心中的情緒便會高漲起來，不過現在，芽衣深呼吸，把這情緒給吞了回去。

「謝謝你，鷗外先生，但是我沒有辦法就這樣回去。」

「芽衣……」

「在我躊躇不前的現在，我依然能聽見那座池子傳來了龍的吼叫聲……我不知道我在場能否幫上忙，不過我相信自己會在這裡一定是有原因的。」

芽衣輕輕抿了抿嘴，默默地將臉頰抽離鷗外的胸膛，保持距離。光是這麼做就讓芽衣湧上了不安的感覺，不過她還是揚起了笑容。

「我馬上就會回來的，所以沒事的，等我回來後，我得盡快向鷗外先生報答至今為止的恩情。我一直在受你照顧卻沒有任何的回報呢。」

芽衣揮去眼睫毛上濕潤的雨珠，深深點了點頭。可能是看到她的決心後醒悟了吧，鷗外也緩緩地放鬆手的力量。

「那麼，我走了。」

然而在芽衣翻了翻和服的袖子打算往不忍池前進之時，鷗外又再度握住她的手腕。

「！」

芽衣就這樣被猛地拉過去，在她驚訝地抬起頭時，有什麼東西碰上了芽衣的唇。是鷗外的唇。在留下似乎只是碰觸一下就要融化的輕柔觸感後，他慢慢退開，撫摸芽衣的臉。

「聽好了，妳一定要回到我的身邊，我可還沒有正式向妳求婚呢。」

「鷗外先生……」

「我愛妳，芽衣。」

不久鷗外放開了手。那聲如同護身符似的囁嚅，確實殘留在芽衣的耳邊。

水裡只是無限的冰冷。在追著鏡花的過程中，芽衣的手腳沒了知覺，她甚至無法確定自己正在朝向何處。

明明直到剛才為止池畔都很嘈雜，現在卻異常安靜，簡直就像沉在游泳池底那種透明的封閉感。

（咦……？）

於是芽衣才終於發現自己早已完全沉在水中。

不可思議的是她並不覺得喘不過氣。只要抬頭仰望便能看見藍白色的光線照射進來，甚至還有種舒適的感覺，如果連寒冷都感受不到，這種漂浮感鐵定不壞。

搞不好自己已經死了？畢竟這裡充滿寂靜與安寧的氛圍，要說是死後的世界或許還真是這麼一回事。

「人類的生命會如何，這我才不管！……為了戀愛，我連性命也不要了……姥姥，妳就忍耐點讓我走吧。」

是某個人的聲音。芽衣沒有看見影像，不過不知怎麼地，她知道這臺詞。明明是第一次聽見的臺詞卻聽來很耳熟，這實在毫無理由。

確實，下一句臺詞是……

「啊啊，這真是可惜了。不過不會變成這樣的……我也不會再說您已經辛苦了多年，還有三十年、五十年了。這個世界早已是佛之末世、聖之澆季，人們也忘卻了山盟海誓與約定。」

芽衣的口中，自然而然吐出下一句臺詞。

（這是……《夜叉池》！）

芽衣的心中，響起了從沒有看過的戲曲臺詞。

那並非芽衣所創作的，卻有種已經化為自己一部分的錯覺。

「義理和成規只不過是人類擅自用來束縛我與我身的繩索……被人稱之為鬼、畜生、夜叉、惡鬼、毒蛇的我，這一身裝束，也僅只是阻擋我戀愛之路、阻隔一切的雲煙罷了！」

沒錯，這是白雪的臺詞。為了見愛人，白雪打算離開夜叉池，而她的隨從姥姥阻止了她。

「人們會死、會溺斃，而山峰會崩解、山麓會被掩埋。距離劍之峰不過就是一躍。……若在人們敲鐘的期間內打破山盟海誓，諸神、諸佛便會立刻降下報應，這又該怎麼辦！」

芽衣背誦出姥姥的臺詞。她必須想辦法把白雪給留住才行，要是白雪離開池子，村莊就會被淹沒，而倘若是白雪自己解開了這身枷鎖，她就再也不會回來這裡了吧。

（拜託了，快回想起來！）

現在白雪應該前往的地方並非劍之峰，也並非不忍池，而是夜叉池。她本來的居所是故事中的夜叉池才對，芽衣因而強烈地默念，將臺詞脫口而出。

「沒錯，你們這些傢伙可真煩人啊。你們想要領會那些義理、仁義，活得長生，隨你們喜歡。……我不會為了生命而捨棄戀愛。退下、退下。」

然而原本能夠毫不猶豫說出的臺詞突然就枯竭了，芽衣瞬間想不起下一句臺詞。

（該不會，鏡花先生只有寫到這裡吧？）

或許戲曲《夜叉池》只有寫到這個場景——芽衣突然間閃過念頭。

假使如此，無論說出多少句不存在於戲曲中的臺詞，是否也無法留住白雪呢？芽衣注意到了，如果非正確的臺詞，就無法指示出正確的歸路。

（拜託了，不要走！）

就算是這樣，芽衣還是得想辦法留住她。

芽衣伸出了手。數不清的鱗片在幽暗的水中閃爍光輝，被池水這城池給保護的龍神將玻璃般的瞳孔望向天上，以並非這裡的某處為目標。

（別走……！）

彷彿渴望著胡亂反射的美麗光線般，芽衣掙扎著，將手伸長到甚至要被撕裂的程度——就在此時。

睡吧睡吧，快睡吧

守護著你沉睡的人　到哪裡去了呢　原來是越過了山　回故鄉去了

收到了什麼故鄉的土產呢　原來是咚、咚、響的太鼓與笙笛

溫柔的歌聲在水中響起。

好似要把人引領至沉睡深淵的安全感，包覆芽衣的全身。

（鏡花先生……？）

這個歌聲是鏡花。芽衣感受到原本籠罩在周圍的緊張感因那歌聲而變得緩和，她無法確認對方在哪裡，不過她知道兩人同樣都在水中，而且都在呼喚著白雪。

「在和戀人分開之際，只要唱歌便能排解煩憂嗎？」

白雪囁嚅著，似乎在回應著歌聲。

不知不覺間，龍神化為了美麗的女性。藍色的鱗片變成了白色和服，鬃毛成了絹狀般的長髮，清澈的眼神取代了原本瞪大的玻璃瞳孔，並用好似水精靈般的婀娜身影在藍色的光輝中搖擺。

「我情緒太過激昂，不自覺忘記了。……要是我讓這座村子沉沒，那位美人的生命也將不復存在。」

白雪原本粗暴的聲音，變回了沉穩。

那身影就像找到母親後好不容易停止哭泣的孩子。即便對戀人還有所留念，她也已經徹底驅走了迷途之時的不滿與不安，心情舒暢地在那裡飄盪著。

（……回想起來了嗎？）

是那股總算回想起歸路的安心，讓她展現出如此沉穩的表情吧？芽衣心想。

不久她感受到白雪的氣息逐漸遠去。勉強照亮水底的頂上光線慢慢變小，最終完全消失，無論睜眼或閉眼都一片漆黑的黑暗降臨，芽衣也一點一滴被奇怪的壓迫感給束縛。

「……我也抱著人偶唱吧。」

「！」

於是原本舒暢的空間一瞬間變得痛苦萬分。

手腳的感覺回來了，芽衣也回過神來，彷彿強制讓她回想起這裡是水中。

無法呼吸。

必須盡早離開這裡。然而在如同墨汁般漆黑的水中，芽衣根本分不清是上是下，只是拚命掙扎著。鏡花在哪裡呢？

芽衣死命睜開眼睛。於是她在視野模糊的一片黑暗之中，似乎看見有個白色的物體在跳動。

（那是……）

快速擺動的長耳朵。

猶如在揮手般拚命晃動的東西，原來是耳朵。鏡花那隻散發白色光輝的兔子正在打暗號，至少芽衣看來是這麼回事。

搞不好鏡花就在附近。芽衣以白兔為指標努力地划水，發現眼前出現輕飄飄的物體，那並非水母，而是和服的袖子。失去意識的鏡花正沉向水底。

（鏡花先生！）

芽衣的聲音被水吸收，自然不可能傳達給對方，鏡花的身體逐漸被黑暗吞噬。

芽衣想盡辦法伸長手，抓住了鏡花的手腕。她拚命握著鏡花那像冰一般失溫的手，抱住他的身體看向上方。

（……得從這裡出去才行！）

白色兔子在昏暗的頭頂上方搖著耳朵。芽衣的手腳就像身處夢境中一樣沉重，似乎一旦放鬆就會立刻被拉回水底，在這不安之中，那對耳朵所指引的地方露出些許光明。

（等等我，我馬上就過去！）

芽衣竭盡全力保持著因無法呼吸而快要失去的意識，踢水往上方前進。得馬上前往白兔所引領的地方，前往那個人的身旁——即是照亮水中的光源處。

（我馬上就過去……請等等我。）

她已經約好一定會回去的，回那個人的身邊——

終章

「歡迎回來，芽衣。」

芽衣在孩提時期，只要從學校回家，頓時就會有「朋友」出來迎接。

那並非一個人或兩個人，多的時候用雙手都數不清。然而不可思議的是，她無論如何都想不起他們的面貌，明明應該是如此重要的「朋友」。

「今天開心嗎？」

他們出聲詢問。昏暗的房間裡有一些塵埃，還堆滿了雜物。

芽衣每天的課題，便是坐在房間一角的老舊椅子上和他們說話、看書。家人熟睡後的這一小段片刻，是絕對無法取代的時光。

「……今天在回家的路上我順道去了祭典，然後有一名奇怪的魔術師，他要我進到黑色的箱子裡面。」

沒錯，一定從那個時候開始便一切都是夢。走在紅磚街上的有軌馬車、鹿鳴館、淺草的凌雲閣、神樂坂的置屋也全部都是夢。用投影機播放出來的照片之所以每張都有些模糊，是因為一切早已在遙遠的過去流失了。

「我一直想著要回家，回到自己現代的家。」

「不過妳遇到了很棒的人們吧？」

有人說了。

「那個邂逅讓妳甚至暫時忘了想要回去的心情。」

或許是這樣沒錯。雖然經歷了不少恐怖的回憶和不安的情緒，卻鮮少感到寂寞，實在很不可思議。她連寂寞的閒暇都沒有，光是怦然心動和開心的心情，就讓她的腦中忙碌不已。

「那麼差不多該起床囉。」

聲音一點一滴遠去。窗戶另一側的天空開始泛白，五花八門的房間景色也變得薄弱。

「明天見，芽衣。」

（你是誰？）

「掰掰，芽衣。」

（我不知道，我回想不起來啊。）

再怎麼樣都回想不起來。明明是如此懷念的情緒，無法回想起來的罪惡感卻讓芽衣泛淚，景色的輪廓也變得淺淡、模糊。

（對不起，我沒有辦法回想起來。）

（對不起……）

睜開雙眼後，芽衣看見淺粉紅色的天花板。

是看慣的天花板顏色。夕陽光從窗簾的縫隙中透了進來，顯示現在是傍晚時分。

芽衣聽見了翻閱紙張的聲音，看來在她熟睡的床鋪附近，有誰正在看報紙。

她緩緩地往那方向一看，與穿著青草色和服的青年對上了眼。

「什麼，妳起來了啊。」

是春草。

他坐在椅子上，一邊打著小小的呵欠，把報紙折起來。東京日日報紙的頭版上，大大地寫著「逮捕了出現在帝國飯店的盜賊團」字樣。

「要看嗎？」

「不、不用了。」

「好像終於抓到在帝國飯店不斷犯下竊盜案的犯人呢。」

可能覺得芽衣對新聞頭版有點興趣吧，春草平淡地說明了八雲曾告訴過她的帝國飯店竊盜案概要。

「為什麼犯人要假裝成怪物犯下罪行啊？」

「……假裝怪物？」

「是啊，報紙上寫犯人戴著無臉男的面具，想要營造成是怪物所為……哈，我是覺得他這個主意並不壞啦。」

春草用鼻子輕笑，把報紙放到桌子上。

講到無臉男，芽衣猛然回想起在帝國飯店中庭見到的男子。那名無臉男是竊盜犯嗎？

（不……不對。）

芽衣所看見的無臉男，是**真正的怪物**。

雖然沒有證據，不過芽衣近乎確信他並非人類。

知道犯人不是怪物後，芽衣下意識地放下心，接著春草從椅子上站了起來。

「話說回來，妳睡得可真熟耶，身體怎麼樣了？」

「咦……？啊！」

芽衣驟然起身。說起來為什麼自己會這麼優閒地在床上睡著了呢？她的記憶只停留在身處不忍池中，完全沒有頭緒是怎麼回到這間宅邸來的。

「咦？鷗外先生呢？還有鏡花先生？白雪小姐怎麼樣了？」

「鷗外先生在工作，他叫我一直待在妳身邊直到妳醒來。」

春草嘆著氣回答，他的表情很明顯感到困擾，卻仍舊確實照著被囑咐的做，果然還是很忠誠的。

「那麼我的工作就結束了喔。」

「請等一下！」

芽衣迅速地抓住馬上就想離開房間的春草的手開口了。

「在那之後，鏡花先生怎麼樣了？該、該不會被警察帶走了吧？」

「誰知道，不過應該沒有被逮捕吧？」

春草驚訝地看著自己被握住的手腕，一臉沒什麼興趣似地果斷回答。

「雨是剛剛才停的，雖然也有傳聞說這是龍神在作祟，不過到頭來也沒造成任何災害，天氣就恢復晴朗了。」

「那麼……」

「妳擔心的那傢伙嫌疑應該也洗清了吧？我是不曉得詳情啦。」

芽衣從床上跳下來，滿面笑容地緊緊握住春草的手，本來她是想要和鏡花分享這份喜悅的，但是本人不在，她便把現在這份情緒展現給身旁的春草看。

「太好了！那麼《夜叉池》鐵定也平安無事吧？有好好保留在這個時代吧？」

「啥？」

「白雪小姐回到戲曲中了啊……！」

在水中所看見的美麗白雪，鏡花所唱的搖籃曲，以及朝著光照方向奔去的小白兔。

原本四分五裂的記憶片段不斷匯集，芽衣深切感受到自己回來了，鏡花也是，白雪……鐵定也是。

「我不太清楚發生了什麼事，不過妳還是再睡一下吧。」

春草輕輕把手放在芽衣的肩上，將她押回床上。

「晚上鷗外先生就回來了，到時候再問他詳情吧？」

「晚上？」

芽衣再度看向窗外，夕陽把地板染成深紅色。說起來自己究竟睡了多久呢？從不忍池回來這裡，已經過了幾個小時呢？

（啊……）

芽衣從窗簾的隙縫中看見滿月。

比夕陽還要赤紅，像在燃燒一般的紅色明月鮮明地烙印在她腦海中。

——三天後的晚上，我在日比谷公園等妳哦！再見了，芽衣。

查理所說的話在耳邊響起，芽衣像被彈起來似地起身。

（對了……我得去才行……）

約定之時已到來，今晚就是最後一晚了，終於到了這段如夢時光結束的時刻。

「怎麼了？」

春草詢問，芽衣無法看他的臉。要是對上視線，她可能沒有辦法假裝平靜。

「我……稍微出去一下，我突然想起來有重要的事。」

芽衣依舊將視線望向窗外如此回答，春草則是「哦」了一聲，安靜地往門口走去。本以為他打算就這樣離開房間，沒想到他突然別過頭。

「妳要出去隨便妳，不過要早點回來啊，大家都會擔心的。」

（好紅……）

猶如被創造出來般不祥的滿月，一直追在芽衣身後。

她搭乘人力車抵達日比谷公園時太陽已經完全落下，紅褐色的天空逐漸被青紫色的黑夜吞噬。

柔和的風吹過芽衣的頭髮，樹木偷偷地發出窸窣聲。到這個時間，公園裡幾乎看不見人影，和第一次來到這個時代的那天相同，空曠的風景在眼前拓展開來。

就在寂靜被劃破的那個剎那。

她發現涼亭前面聚集了一群人，以這個時間點而言並不尋常。

「各位看官，看過來看過來，西洋魔術博士要獻上世紀大魔術秀啦～！」

穿著深紅色燕尾服的男子，用開朗的聲音響徹雲霄。

「各位眼前的這個箱子，其實是個能夠讓放入箱子的所有東西都從世界上消失的不可思議箱子，不管是大象、飛機還是坦克，都可以消失給各位看！」

沒錯，那天晚上芽衣也是被他的聲音引導過來的，一切都起始於他的魔術。

「那麼有哪位看官擁有個人噴射機呢？今天是騎大象從印度過來的客人請舉起你的手！」

「查理先生。」

芽衣小聲搭話，圍繞在查理身旁的人群同時回頭看向芽衣。男女老少的觀眾群中有人穿著和服，有人穿著西服，他們一致對芽衣浮起沉穩的笑容，那親切的表情簡直像在邀請她當同伴。

在這群人之中，芽衣看見了身穿白色裙子的女性。如絹似的金髮配上藍色眼眸。美到不像這個世界的生物的她，就是曾在鷗外宅邸前看過的女性。

（為什麼會在這裡……）

芽衣感到有些暈眩，搖了搖頭，她可能是睡太多了。她的視線開始歪斜，平衡感也不太好，身體因而向旁傾斜。

「哎呀！芽衣，妳按照約定前來啦？」

芽衣揉揉眼睛抬起頭，發現查理正對著她笑。

「能見到妳還真開心呢！前幾天的晚會好快樂啊，哎呀，雖然因為一點小差錯造成了預料之外的騷動啦，不過這也是個很不錯的回憶吧？」

「……」

又在說些不負責任的話。他以為都是誰害難得的舞會付諸流水的啊？

不過明明只是幾天前的事，為何芽衣卻覺得那好像是很久以前的事情了呢？就連為了晚宴所訂製的絹製裙穿起來觸感如何也已經沒了實感，彷彿消逝在記憶的片段當中。

（總有一天，這些都會像這樣成為回憶嗎……？）

倘若回到現代，回歸原本的生活，在這個時代所過的每一天鐵定會逐漸變得淡薄。她會說服自己做了一個很長的夢，偶爾在學校課堂上講到明治時代時會回想起來，並一點一滴隨著時間蓋上記憶的蓋子。

她應該一直期望是這樣才對。

「怎麼啦？芽衣？」

查理溫柔地問著。不知不覺觀眾已經消失了蹤影，在沒有人煙的公園裡只剩他們兩人對望。

飄浮在空中的滿月逼近了她的視野。其外輪廓看起來會向外滲透，是因為月光太過耀眼的緣故嗎？

「……我一直想著要回家，想回到自己現代的家。」

「不過妳遇到了很棒的人們吧？」

他沒有漏聽芽衣小聲的囁嚅。

「那些邂逅，讓妳甚至暫時忘了想要回去的心情。」

請不要擅自替我闡述心情啊——芽衣心想。明明就是把自己帶來這裡的罪魁禍首，卻幾乎放置芽衣到現在，偶爾才露個臉，這個男人怎麼可能會理解她的心情。

然而查理卻笑著。

無論再怎麼瞪著他、蹙緊眉頭、忍住滿溢的淚水，查理依舊對芽衣笑著。他一直都在這裡……從好久以前開始，讓人感到很懷念。

「我不知道……」

彷彿從喉嚨深處拚命擠出來的話語。

「我不知道我該怎麼辦，明明曉得一定得回去才行。」

她無法踏出一步，無法踏出這應該踏出的一步，她的腳似乎正在恐懼從這個地方離開。

芽衣至今依然不明白自己來到明治時代是否有意義。她並沒有自己達成什麼成就的確切證據，要說是否幫上了誰的忙也很難定論，卻毫無道理地對此地有所留念。

和生活在這個時代的人們接觸，有了棲身之所因而喜歡上了這裡。

在燈光炫爛的鹿鳴館與鷗外相遇，在神田的宅邸和春草拉近距離，於神樂坂向音二郎拜師、接觸鏡花的戲曲。

和八雲漫步在銀座與日比谷，藤田在上野向她伸出援手——這一片片的碎片，就像彩繪玻璃般讓她在這個時代的生活被點綴得五彩繽紛。

因此芽衣無法動彈。她被這裡深深吸引的情緒太過鮮明，如今已經不能夠只當成回憶。

「既然如此，繼續不知道也無妨啊。」

對於呆站著的芽衣，查理一派輕鬆的口吻。

「如果還有些迷惘，繼續不知道也無所謂，在這裡止步不前也是一個選擇，所以這樣不就好了嗎？」

「你說得簡單，我可不能這樣啊！」

「不，這很簡單的，比魔術還簡單。因為妳的心確實就在這裡。」

查理一副知曉一切的表情，輕輕地把手放在芽衣的眼前。

「接下來妳只要閉上眼睛就行了。」

她的眼皮突然變得沉重起來，猶如被一股看不見的力量給操控著，她一瞬間想反抗，整個世界卻在下一秒被黑暗籠罩。

「查理先生？」

「不必擔心的，我要展現一個特別厲害的魔術給芽衣看。」

芽衣搖搖頭想要看查理的臉，卻無法睜開眼睛，即便伸出手也撲了個空。

「從現在開始數到三，有個人就會出現在這裡。我想那個人鐵定會引導妳的。」

「查理先生……」

他要去某個地方了——芽衣有這種感覺，並不明所以地差點潰堤。

「什麼都不必擔心哦……所以別哭了，芽衣。」

（告訴我你究竟是誰？）

「要幸福哦，芽衣。」

一陣風吹過，使芽衣的劉海變得散亂，趁機貼上她額頭的親吻，在碰觸到她之後馬上又離去。

「三、二、一——」

「——芽衣？」

下個瞬間，芽衣睜開了眼。

第一個闖進她視野中的是她已經看慣的沉穩面容。

披著紅黑色羽織的他竊笑，低頭看著不斷眨眼的芽衣，眼睛也溫柔地彎了起來。

「究竟怎麼啦？一臉好像被狐仙給抓走了一樣。」

「鷗外先生……」

直到剛才為止都還在這裡的查理已經不見蹤影，芽衣因而拚命看著取而代之出現的他，瞬間發生的事簡直就像魔術。

「妳應該沒有在懷疑我是怪物之類的吧？哎呀哎呀，我擔心妳太晚回家，才特地來找妳的耶。」
「不、不是的！」
然而芽衣確實無法判斷這究竟是現實還是夢。
銀色的滿月飄浮在星光閃閃的夜空中，清爽的光線照亮了浩瀚的寂靜夜晚，微微吹拂過來的風夾帶甜甜的香菸味，強烈帶出了鷗外的存在。
（查理先生究竟去了哪裡呢？）
會回應她的人已經不在了。
只是仔細想想，他的離去一直都是如此，他就是個神出鬼沒且摸不透的人，或許有一天他會在她已經遺忘時再度出現吧？
「……鷗外先生是來找我的嗎？」
「沒錯。真是的，我一沒看住妳，妳就不知道會跑到哪裡去。不干涉借宿者是我的信條啦，但對方是未婚妻的話那可就不同了。」
鷗外嘆了口氣，雙手交臂。
「不過妳人在這裡真是太好了。我才正在煩惱『化物神』的事情呢，要是又被未婚妻逃走，那就太慘不忍睹了。」

「？」

芽衣因為這話而感到疑惑，為化物神煩惱的人應該是鏡花而不是鷗外吧？

「啊啊，那部戲曲我已經還給泉了哦！看起來還是部未完成的作品，但我想完成之日也不遠了，我也很期待呢。」

「……非常感謝！」

芽衣深深低下頭道謝。

果然白雪已經回去了。之後只要等鏡花把作品完成，白雪就不會再度驚擾不忍池了吧。

然而她還是很在意鷗外的說詞。

「該不會鷗外先生的小說也……？」

芽衣戰戰兢兢地問，他則一臉煩惱地點頭。

「我小說裡的女主角已經不在很久囉，我是抱持著總有一天會回來的心情耐心地等啦，不過對方是個還算漂亮的金髮美女，可能會被不知道哪來的怪物給調戲呢。」

「金髮？」

「嗯，金髮碧眼的德國人。」

鷗外果斷地說。

「名字叫愛麗絲，我借用了我在德國邂逅的女性之名，並以留學時期我所居住的城市為舞臺，以她為女主角描寫一段悲戀……」

芽衣倒抽一口氣。

講到金髮碧眼的外國人，她是有印象的，剛剛她才在這裡看見那個人——如果鷗外所說的她身穿白色裙子的話。

（……她是『化物神』嗎？）

芽衣有些混亂。她是名美麗到會讓人害怕的人，散發著不能貿然靠近的氛圍，那股非比尋常的氣息，是因為她的存在不同於一般嗎？

「那、那個！」

「嗯？」

「那名在德國邂逅的女性，曾是鷗外先生的……」

曾是鷗外先生的戀人嗎？不小心脫口而出的疑問在途中打住，芽衣陷入沉默。

她總是如此，重要的事問不出口，只好一個人悶悶不樂地煩惱。明明好不容易完成千金修行卻依舊對自己沒有自信。

「曾是鷗外先生的什麼？」

「不、也就是……」

「妳很在意嗎？她和我的關係？」

鷗外說得爽快，芽衣不由自主地差點跌倒，因為她的內心完全被看透了。

「哎呀，看來我是說中了。我可以把這當成是妳對我有興趣嗎？還是說妳只是單純想收集八卦？」

「才沒有那回事！如果只是單純好奇，我就能用更輕鬆的心情問了，但並不是這樣！」

芽衣馬上否定，向前踏出一步。

「正因為不是這樣，我才一直問不出口。搞不好鷗外先生有個忘不了的人……我一直默默在想這些。」

芽衣僅憑一點點資訊就建立假說，並一個人痛苦地思考著，無論再怎麼被珍視，她自己創造出來的幻象依舊很頑強。

「哦，然後呢？」

鷗外伸手觸摸芽衣的頭髮，並用食指溫柔地捲著她的髮絲。其端正的容貌看起來似乎很開心，是錯覺嗎？

「妳以為我是為了斬斷這個思念而利用了妳嗎？」

「不、不是的！」

「妳的想法總是讓我驚奇……我只是擔心妳身邊會有一些蒼蠅到處打轉而已。」

鷗外把手放在芽衣的肩膀上，直勾勾地看著她，兩人的距離已經近到會感受到對方的氣息，她的心跳開始加速。

「我過去曾為了繼承家業放棄過戀情，因為周遭不斷說服我要捨棄身為平民的自己，完成身為一名公眾人物的職責，這才是長子該負的責任。」

「……」

那是在懷念從前的眼神。這段話說起來絕對不輕鬆，他的聲音卻意外地颯爽，讓人感受到他已經豁然開朗了。

「那時候我便下定決心我不會再期望任何事。倘若就算得到手也不能夠有所回報，那麼與其身為文學家森鷗外，我選擇將重心放在身為森家長男森林太郎活下去，並決定要為此費盡心力。事實上我就是這麼活過來的，直到那天晚上我在鹿鳴館發現了妳。」

鷗外的手仔細地撫摸著芽衣的頭髮。

不久撫摸著臉頰的指間變得溫熱，並像在疼惜般滑過芽衣的肌膚，她的內心充滿著情緒，一句話都說不出口。

「然而我從來不覺得我脫離了正軌，我只是不想再度失去。現在我正和我所珍惜的事物一同向前走著……我既是森林太郎，也是森鷗外。」

鷗外的雙手輕輕包覆芽衣的身體，被那體溫給徹底環繞，使芽衣深深吸了口氣。

（我也覺得鷗外先生很重要。我想要待在這裡。）

一開始只是身為代理未婚妻，卻在不知不覺間這個職責也變得曖昧起來。縱使理解這並非適合自己的立場，芽衣那愛慕的心依舊輕易地跨越了這道界限，令她感到迷惘。

她想要留在這裡，她已經喜歡上這個時代以及生活在這個時代的人們。

「我可沒有打算再次將妳放手。就算有一天妳回想起了妳的家和家人……」

「……是的。」

芽衣在鷗外的懷中點頭。

即便總有一天她取回了現代的記憶，因為失去了重要的事物而感到痛苦。

——笑一個吧，芽衣。

——要幸福哦，芽衣。

那個聲音永遠都會溫柔地在背後支持著她。

支持她找出現在自己身處於此的意義，以及往走向未來的道路前進。

後記

總之，這就是《明治東京戀伽》的第二集啦！從第一集到現在稍微隔了一小段時間，讓各位久等了真的非常抱歉。不過正因為有各位讀者的熱情聲援和負責人的熱心指導，我才能像這樣完成第二集，真心覺得很高興。

我想有玩過遊戲版「明戀」的讀者應該知道，故事的發展和小說版是有點不同的。有一部分內容我試著從男方的角度來撰寫，並從正宗的作品中引用文章，嘗試了許多小說才能做到的事，身為作者我也非常享受這點。如果大家對於本作有一點點興趣，請務必要玩玩看遊戲版的「明戀」。二〇一三年秋天也要發售PSP版本囉！

在出版本書時，我受到了各方許多熱情的幫助。負責人、多玩國團隊的各位、插畫家 Karu 老師、其他相關人士，真的非常感謝。希望以後務必還有機會在 beans 文庫和各位讀者見面！

魚住有希子

〈主要參考文獻〉

《現代語翻譯　舞姬》森鷗外著，山崎一穎監修、井上靖譯
《夜叉池》泉鏡花著
《用繪畫來看明治東京》穗積和夫著
《明治的千金小姐》黑岩比佐子著

明治東京戀伽
角色檔案
在充滿謎團的魔術師邀約之下，戀愛開花結果——
女高中生芽衣所選擇的是……?!
Charlie
查理
生日◆？？？
身高◆？？？
職業◆魔術師

我所珍愛的婚約者

森鷗外 Ougai Mori

生日◆2月17日
出身地◆島根縣
血型◆B型
身高◆176cm
喜歡的事物◆甜食
討厭的事物◆大眾浴場

身兼博學多聞的軍醫、菁英官僚與文豪。對自己相當有自信，有著強硬的一面，更擁有先進的見解，看中春草的才能。

菱田春草 Syunso Hishida

生日◆9月21日
出身地◆長野縣
血型◆O型
身高◆170cm
喜歡的事物◆大自然
討厭的事物◆評論家

冷靜且沉默寡言，為日本畫家的明日之星。只要發現了繪畫對象，態度就會丕變……?!只信任他所尊敬的鷗外。

魂依

能夠看見被稱為妖怪的存在，為擁有不可思議能力的人。

要是露出那種表情，
會讓我更想欺負妳的。

川上音二郎 *Otojiro Kawakami*

生日◆2月8日
出身地◆福岡縣
血型◆B型
身高◆177cm
喜歡的事物◆小孩
討厭的事物◆沒有特別

打扮成藝伎也很豔麗的年輕演員。
待人熱情，有時候會很強勢，
展露出大男人的一面。
認同有著寫戲曲才能的鏡花，
視他為獨一無二的好友。

泉鏡花 *Kyoka Izumi*

生日◆11月4日
出身地◆石川縣
血型◆A型
身高◆171cm
喜歡的事物◆乾淨的東西
討厭的事物◆細菌

毒舌又有潔癖的戲曲家見習生。
擁有「魂依」的能力，
總是帶在身邊的白色兔子其實是付喪神。
認同音二郎的實力。

付喪神

經年累月後變老舊的物品及
生物等上寄宿著的神或靈魂。

快點過來我身邊，
笨蛋。

果然，妳既天真無邪又可愛呢。
小泉八雲
Ykaumo Koizumi
生日◆6月27日
出身地◆希臘
血型◆O型
身高◆185cm
喜歡的事物◆怪談
討厭的事物◆西洋
極度熱愛妖怪與日本的研究家。
平常以英文講師的身分
在帝國大學教書，
性格開朗，
其實也有腹黑的一面……？
藤田五郎
Goro Fujita
生日◆2月18日
出身地◆福島縣
血型◆A型
身高◆183cm
喜歡的事物◆鬼神丸國重（刀）
討厭的事物◆廢話
過去為新選組隊員的幹練警察，
隸屬於監視妖怪的「妖邏課」。
會特別留意「魂依」，
為孤獨的一匹狼，不親近他人。
我絕對不會讓妳逃走的。

國家圖書館出版品預行編目資料

明治東京戀伽：戀月夜的花嫁/ 魚住有希子著；郭子菱譯. -- 初版. -- 臺北市：皇冠, 2020.07 面；公分. --（皇冠叢書；第4859種)(YA！；62)
譯自：明治東京恋伽 恋月夜の花嫁
ISBN 978-957-33-3548-1（平裝）

861.57 109007564

皇冠叢書第4859種
YA！062
明治東京戀伽
戀月夜的花嫁
明治東京恋伽　恋月夜の花嫁

作　者—魚住有希子
譯　者—郭子菱
發 行 人—平雲
出版發行—皇冠文化出版有限公司
台北市敦化北路120巷50號
電話◎02-27168888
郵撥帳號◎15261516號
皇冠出版社(香港)有限公司
香港上環文咸東街50號寶恒商業中心
23樓2301-3室
電話◎2529-1778　傳真◎2527-0904
總 編 輯—許婷婷
責任編輯—楊宜寧
美術設計—王瓊瑤
著作完成日期—2013年
初版一刷日期—2020年07月

法律顧問—王惠光律師

讀者服務傳真專線◎02-27150507
電腦編號◎515062
ISBN◎978-957-33-3548-1
Printed in Taiwan
本書特價◎新台幣249元／港幣83元